lumbung

harriet c. brown (org.)
Azhari Aiyub
Cristina Judar
Mithu Sanyal
Nesrine Khoury
Panashe Chigumadzi
Uxue Alberdi
Yásnaya Elena Aguilar Gil

lumbung
contos de mutirão

Porto Alegre • São Paulo • 2022

Copyright © 2022 Documenta und Museum Fridericianum gGmbH,
Azhari Aiyub, Cristina Judar, Mithu Sanyal, Nesrine Khoury,
Panashe Chigumadzi, Uxue Alberdi, Yásnaya Elena Aguilar Gil

CONSELHO EDITORIAL Eduardo Krause, Gustavo Faraon,
Luísa Zardo, Rodrigo Rosp e Samla Borges
TRADUÇÃO Augusto Paim, Safa Jubran
e Beatriz Regina Guimarães Barboza
PREPARAÇÃO Samla Borges
REVISÃO Lia Cremonese
CAPA E PROJETO GRÁFICO Luísa Zardo

DADOS INTERNACIONAIS DE
CATALOGAÇÃO NA PUBLICAÇÃO (CIP)

L957 lumbung: contos de mutirão / org. harriet
c. brown. — Porto Alegre: Dublinense, 2022.
224 p. ; 21 cm.

ISBN: 978-65-5553-073-5

1. Literatura. 2. Contos. I. harriet c. brown.

CDD 820/899-34

Catalogação na fonte:
Ginamara de Oliveira Lima (CRB 10/1204)

Todos os direitos desta edição
reservados à Editora Dublinense Ltda.

Av. Augusto Meyer, 163 sala 605
Auxiliadora • Porto Alegre • RS
contato@dublinense.com.br

7	**Somos-*em*-comum**
harriet c. brown
19	**Pomada mágica**
Azhari Aiyub
55	**À sombra de Ícaro**
Uxue Alberdi
83	**Memória expansível**
Cristina Judar
105	**Seca e verde**
Nesrine Khoury
135	**O povo igra do norte**
Yásnaya Elena Aguilar Gil
165	**Ukuza kukaNxele
Ou O Tempo passa**
Panashe Chigumadzi
203	**Que diabos
são commons?**
Mithu Sanyal

Prólogo
Somos-em-
-comum
harriet c. brown

Harriet Brown foi o nome que a atriz sueca Greta Garbo escolheu para abandonar o mundo do cinema e ficar reclusa em seu apartamento de Nova Iorque nos anos 1940. Além disso, Harriet Brown deu nome a ativistas pelos direitos das mulheres e a ativistas antirracistas, assim como a muitas outras acionadoras de começos que homenageamos. documenta fifteen, ruangrupa e consonni se escrevem em minúsculas, assim como harriet c. brown. Usamos este pseudônimo como uma entidade coletiva formada pela diversidade de corpos da consonni e pelas pessoas envolvidas na equipe artística do documenta fifteen. É um ser-*em*-comum, um ser literário. harriet c. brown é um corpo lumbung, que resgatamos agora como prática de comunidade para fabricar o presente e transformá-lo em corpo textual.

Tradução do espanhol:
Beatriz Regina Guimarães Barboza

Todo livro é um projeto coletivo. O comum não é tanto o objeto livro, mas o seu processo de produção. Este que você tem em mãos leva essa convicção ao extremo. Em um livro, participa uma diversidade de agentes mais ou menos visíveis, mais ou menos reconhecíveis. Há quem escreve, às vezes quem traduz, quem corrige, quem projeta e diagrama, quem faz a capa, alguém o edita e publica, o distribui, o recomenda, o vende e, decerto — e com sorte —, alguém o lê. Além de participar dessa rede habitual, este livro é um exercício de experimentação de comunidade. O filósofo francês Jean-Luc Nancy propõe um jogo de palavras que enfatiza o compartilhamento e a experiência cotidiana da comunidade: ser-em-comum. Destacando nesse *em* o *entre, entre eu e você*, começa esta aventura.

Este livro, e o projeto que o sustenta, nasce de uma conversa grupal ocorrida em fevereiro de 2021, em plena pandemia mundial. A equipe curatorial do evento artístico documenta, que acontece a cada cinco anos em Kassel, na Alemanha, contata a consonni, uma pequena editora localizada na cidade de Bilbao. O convite que se faz não se parece com aquele enigmático, original e literário descrito pelo escritor Enrique Vila-Matas em seu livro *Não há lugar para lógica em Kassel*. Este é mais profano e direto, mas tão empolgante e irresistível quanto. Vila-Matas justamente diz que, por trás da lenda de Kassel, encontra-se o mito das vanguardas. Coisa pouca!

Uma reunião com muitíssimos rostos desconhecidos na tela. As edições anteriores do documenta foram dirigidas por uma ou duas pessoas, curadoras de arte, mas, desta vez, a equipe curatorial é formada por quatorze pessoas. O coletivo artístico ruangrupa, da Indonésia, responsável por dirigir esta décima quinta edição do documenta, centraliza o olhar no coletivo e o faz de uma forma honesta e ampla. A ideia de *comum* se alarga e permeia tudo. Há uma palavra indonésia que se repete em todas as suas comunicações. *lumbung*. Uma palavra até então desconhecida para a consonni e que, como uma semente ou um vírus, cresceu e contagiou até se infiltrar no vocabulário cotidiano de muitas pessoas. Já é um vocábulo reconhecível para você que está lendo isto. Tem uma sonoridade e uma materialidade particular. Pronunciá-la obriga os lábios a se arquearem, como quem vai dar um beijo. *lumbung*.

lumbung é a palavra indonésia que faz referência a um celeiro de arroz que recebe o resultado de um trabalho coletivo e o representa. Um recurso coletivo que se baseia no princípio de comunalidade. Há uma série de valores associada a esse conceito, como transparência, local, independência e senso de humor, que são as ferramentas de trabalho no documenta fifteen. Portanto, lumbung não é somente um tema, um conceito sobre o qual esse evento de arte se estrutura, mas é também uma prática, um modo de fazer e uma atitude compartilhada, contagiosa, que o faz acontecer.

Nessa reunião, esses múltiplos rostos sorridentes até então desconhecidos, mas amigáveis, mostram o plano de publicações do documenta fifteen que vão realizar com a editora alemã Hatje Cantz, especializada em arte. Um desses rostos amáveis da equipe artística do documenta fifteen lança uma pergunta para a consonni que fica pairando no ar:

— Onde vocês se situam nesse programa?

A pergunta é feita em uma quinta-feira e, na terça-feira seguinte, o grupo torna a se juntar para colocar uma proposta concreta na mesa, na qual a consonni seria a editora de arte dos catálogos do documenta fifteen. Obviamente, a consonni aceita sem pestanejar, embora outro livro tenha chamado sua atenção: um ensaio que busca localizar e descrever a cosmologia lumbung. Isto é, uma pessoa especializada refletiu sobre a existência de outras formas de nomear o trabalho coletivo em diferentes lugares do mundo a partir de um olhar antropológico. A consonni propõe transformar esse livro em um projeto mais amplo.

— Por que não aplicar a lógica lumbung à produção desse livro também? Seguir a lógica que já estão aplicando na produção do encontro artístico e usar o lumbung como temática e como protocolo de atuação.

Para isso, a consonni propõe que se recorra à ficção e ao relato literário. Como a filósofa dos estudos multiespécies Donna Haraway diz, precisamos de narrativas que nos ajudem a imaginar mundos com mais sentido. Esse é um dos anseios da consonni com relação à edição. Portanto, ela propõe uma antologia de relatos ficcionais escritos por autoras e autores que trabalhem com a palavra que serve para falar do coletivo em seu território.

A escritora mexicana Cristina Rivera Garza nos lembra que o binômio escrita-comunidade passa por pontes complexas que envolvem tanto a produção quanto a distribuição. A consonni pontua, nesse sentido, que a forma de produção do livro também precisa ser coletiva. Deve-se envolver editoras distintas para publicar edições separadas em uníssono, em diferentes lugares do mundo. Logo, o que seria um livro de ensaio de autoria única explode em mil pedaços, e essas partículas se multiplicam e se espalham sob o princípio de lumbung, tequio, auzolan...

O aquelarre começou.

Palavras como *comum* ou anglicismos como *crowdfunding* ecoam, muitas vezes vinculadas às práticas participativas da era da web 2.0. No entanto, rastrear vocábulos familiares nos coloca no caminho de experiências de comunalidade. *Minga* em muitos países da América do Sul, *tequio* no México, *auzolan* no País

Basco, *andecha* nas Astúrias, *mutirão* no Brasil, *ubuntu* em distintos países africanos, *gadugi* nas comunidades cherokees, *talkoot* na Finlândia, *guanxi* na China ou *fa'zaa* em árabe são maneiras de nomear essas formas básicas de ser-*em*-comum como modos ancestrais e afins. A origem, a raiz etimológica e a evolução de todos esses termos, ou até seu uso atual, não é a mesma em cada caso, mas o importante é que nos oferecem uma possibilidade: a oportunidade herdada de imaginar conjuntamente o comum. Um ponto nodal na produção da comunalidade dos povos mesoamericanos é o conceito e a prática do trabalho coletivo comumente conhecido como *tequio*, uma atividade que, conforme Rivera Garza nos lembra, une a natureza com o ser humano através de laços que vão da criação à recriação em contextos que se contrapõem de maneira radical à ideia de propriedade e àquilo que é próprio do capitalismo global.

É libertador imaginar e entender a comunidade como algo adquirido de geração em geração, uma experiência cotidiana do ser-*em*-comum que foi assim transmitida, na prática e através da oralidade e da escrita. Jean-Luc Nancy vincula essa ideia de comunidade à literatura. Mobilizar as palavras para indicar o limite do exprimível. Compartilhar o que acompanha o pensamento, as artes e qualquer existência-*em*-comum é mais importante que o conteúdo ou a mensagem. Nancy diz que a escrita será sempre ex-crita. O escritor ou a escritora que se pressupõe solitário/a escreve, sim, para alguém. Segundo Nancy, quem escreve para si mesmo/a ou para uma pessoa anônima no meio das massas não é escritor/a.

Vila-Matas diz: "escreve-se para *atar* o leitor, para apoderar-se dele, para seduzi-lo, para subjugá-lo, para entrar no espírito do outro e permanecer ali, para comovê-lo, para conquistá-lo...". Embora o poder transformador da literatura, em casos concretos e terrenos, possa ser limitado, pensar a escrita em termos de reescrita, de um exercício inacabado que produz esse estar-*em*-comum na comunalidade, dá sentido a este trabalho e o guia.

Assim começa um processo laborioso para localizar essas formas ancestrais de nomear o trabalho coletivo e conhecer seu contexto e seu sistema editorial para localizar uma editora que pudesse ter o perfil e o interesse em participar do projeto — editoras independentes que publiquem ficção em distintos contextos geopolíticos. Envolver línguas hegemônicas e minorizadas para que elas convivam também é importante. Colocar em diálogo os contextos culturais que cada idioma traz consigo, com sua história e seus conflitos.

Perguntando em meio à sua própria rede, a consonni contata a editora Almadía, do México, e a Txalaparta, do País Basco, para que trabalhem os conceitos de tequio e de auzolan, cujo uso é cotidiano e habitual em seus contextos hoje em dia. Chega-se à editora árabe Al-Mutawassit depois de consultar e convocar as redes das redes. Através de conexões da equipe curatorial do documenta fifteen, chega-se à Marjin Kiri, da Indonésia, e à Cassava Republic Press, da Nigéria. É um processo de pesquisa baseado na cumplicidade. A Dublinense, do Brasil, é localizada graças à Aliança Internacional de Editoras Independentes, da qual faz parte, assim como a Txalaparta e a Marjin Kiri. A consonni se reúne presencialmente com essas editoras nos Encontros Internacionais da Editoração Independente, organizados pela Aliança, em Pamplona, em novembro de 2021. Neles, centenas de profissionais do mundo editorial, de mais de quarenta países, se reúnem.

Nesses encontros, faz-se uma declaração em prol de uma editoração e uma bibliodiversidade independente, decolonial, ambientalista, feminista, livre, social e solidária. Aposta-se no caráter cultural, social e político do livro e apresenta-se a leitura como prática libertadora, que compõe uma cidadania crítica, que se coloca em sua comunidade de maneira ativa e consciente. Esse é o espírito que permeia este livro e o programa que o sustenta. As editoras independentes que fazem parte deste projeto são, acima de tudo, interdependentes. Editoras para estar-*em*-comum. Em Pamplona, Vandana Shiva, embaixadora da bibliodiversidade, falou da necessidade do pequeno, da grandeza das pequenas editoras organizadas em redes vibrantes de ajuda mútua. Por isso, a rede que se construiu na raiz da produção do livro, baseada na cooperação, é mais importante que o objeto visível em si.

Cada editora propõe seu ecossistema habitual de produção e distribuição. Ele é apresentado por quem escreve, por quem pode fazer uso da ficção em cada território para recriar a ideia do comum, do trabalho coletivo, de formas inéditas. Para escrever a respeito do tequio, a editora Almadía apresenta Yásnaya Elena Aguilar Gil, que utiliza o espanhol; para imaginar em torno da ideia de auzolan, a Txalaparta traz Uxue Alberdi, que escreve em euskera; para fazê-lo sobre o mutirão, a Dublinense traz Cristina Judar, em português; a respeito de fa'zaa, a Al-Mutawassit propõe o nome de Nesrine Khoury, que escreve em árabe; a respeito do ubuntu, a Cassava Republic Press traz Panashe Chigumadzi, que escreve em inglês; sobre allmende, Hatje Cantz e documenta fifteen propõem Mithu Sanyal, que utiliza o alemão; e, a respeito do lumbung, Marjin Kiri sugere o escritor Azhari Aiyub, cuja língua é o indonésio. O que resulta é desde o ensaio especulativo e o texto experimental até o relato intimista que retrata o trabalho coletivo como algo cotidiano e habitual, atravessado por narrativas mais situadas. Superando a dicotomia simplista entre realismo e ficção, as palavras são utilizadas mais para produzir realidade do que para representá-la. Trata-se de narrar uma história e localizá-la no aqui e no agora, a partir do qual cada um/a escreve, em meio a uma contaminação constante.

Cada editora publica uma edição no seu idioma e a distribui no seu contexto. Cada objeto-livro será igual e diferente ao mesmo tempo. Uma capa diferente, uma diagramação distinta, uma estrutura diversa, um conteúdo traduzido. Uma forma de trabalho própria e coordenada com o resto das editoras. Portanto, o trabalho de tradução deste projeto é fundamental, descomunal e exigente. Trabalha-se com um grupo de profissionais de tradução que cada editora propõe, localiza e apresenta ao resto das editoras do grupo para revelar essas histórias através da tradução. Atendendo à sua origem etimológica, traduzir é passar de um lugar para outro.

Trasladamo-nos de uma experiência de comunidade para outra. A consonni mediou esse movimento, procurando organizar uma coreografia grupal equilibrada, ainda que não necessariamente simétrica.

As palavras mobilizam o comum, a ficção tece as redes. Ficções, como aquelas construídas pelas religiões, pelo esporte ou pela música, mostram seu poder mobilizador no social. Todos os organismos vivos se baseiam na diversidade, e por isso precisamos de palavras, relatos orais e escritos plurais e diversos para viver. O comum é o processo de produção, reprodução e desapropriação através do qual este livro é gerado, em contato corpóreo e constante, sob os princípios de cooperação e contágio. Somos-*em*-comum.

Pomada mágica
Azhari Aiyub

Azhari Aiyub nasceu em Banda Achém, Indonésia, em 1981. Foi premiado na competição de contos do Ministério da Educação e Cultura, em 2003, e recebeu o Prêmio Poets of All Nations' Free Word em 2005. Em 2007, recebeu uma bolsa de estudos do Instituto Internacional de Estudos Asiáticos para trabalhar em Amsterdã e em Leiden e, em 2015, foi selecionado para uma residência no México, do que resultou seu livro de viagem *Tembok, Polanco, dan alien: suatu petualangan kecil ke negeri Meksiko*, publicado em 2019. Suas coletâneas de contos *Perempuan pala* e *The garden of delights & other tales* foram traduzidas para o inglês, o alemão e o francês. Seu romance de quase mil páginas, *Kura-kura berjanggut*, ganhou o Prêmio Literário Khatulistiwa, que reconhece as melhores prosa e poesia da Indonésia, em 2018.

Tradução do inglês:
Beatriz Regina Guimarães Barboza

(1)

Os acontecimentos desta história se passaram nos anos de operação militar em Achém[1], quando dúzias de campos de detenção secretos foram estabelecidas pelo Kopassus, as Forças Especiais de Elite da Indonésia, para torturar guerrilheiros do Movimento Achém Livre[2]. Os

---

1 A Área de Operação Militar (DOM) foi um status designado pelo governo indonésio à província situada em seu extremo oeste, Achém, entre 1990 e 1998. Através da DOM, o regime da Nova Ordem executou a Operação Rede Vermelha, uma operação militar que combinava conflitos armados e de inteligência, feitos para arrasar o grupo separatista Movimento Achém Livre. Durante essa operação de contrainsurreição — executada pelo Kopassus, as Forças Especiais de Elite da Indonésia —, houve várias alegações de violações dos direitos humanos cometidos por soldados indonésios.
2 O Movimento Achém Livre (GAM) foi um grupo separatista liderado por Hasan Tiro e fundado em 1976 com a intenção de libertar Achém da República Unitária da Indonésia. O grupo sobreviveu por trinta anos antes de assinar um acordo de paz com o governo da Indonésia em Helsinque, Finlândia, em 2005.

dois maiores campos se chamavam Rancong e Rumoh Geudong. Pouquíssimas pessoas conseguiram escapar com vida desses campos; uma delas foi Syahdi, que me contou a história a seguir no dia de seu aniversário de cinquenta e nove anos.

Syahdi cumpriu pena em um dos campos entre julho e agosto de 1993, em Lhokseumawe, um complexo penitenciário instalado em uma construção pertencente à Mobil Oil[3]. O Kopassus o batizou de Campo Morcego para distingui-lo de outra prisão no mesmo conjunto de edifícios.

No Campo Morcego, Syahdi dividiu cela com uma prisioneira moribunda, uma tigresa chamada Baiduri. Ele lembra que ela tinha uns quinze anos quando ele foi colocado naquela cela.

Acreditava-se que Baiduri era uma tigresa pertencente ao xamã local, chamado Leman, famoso por seu poder especial de curar feridas com o uso de ingredientes naturais, que destilava na forma de uma pomada mágica acobreada que tinha um cheiro forte e, à princípio, era utilizada para o tratamento de animais selvagens. Naquela época, soldados do Kopassus encontravam pomadas mágicas nos bolsos das camisas de guerrilheiros, que juravam que ela podia curar ferimentos a bala em questão de dias. Quando outros guerrilheiros foram capturados com o unguento fedido em seus bolsos, as

---

[3] Mobil Oil é uma corporação multinacional fundada pela Exxon e pela estatal indonésia Pertamina para explorar reservas de gás e óleo em Arun, no norte de Achém. Na época do DOM em Achém, a ExxonMobil supostamente auxiliava e incitava os militares indonésios a cometerem violações dos direitos humanos.

forças de elite decidiram colocar o nome de Leman em sua lista de procurados.

O Kopassus tinha dificuldade para capturar Leman, não porque ele fosse um inimigo especialmente liso, mas porque ele não tinha a única fraqueza que outros guerrilheiros tinham. Eram homens firmes, mas sempre acabavam se rendendo às autoridades quando elas sequestravam suas crianças, suas esposas ou seus parentes. Mas Leman vivia sozinho no meio da Floresta Maja. Ele não tinha família — a única fraqueza que as forças de contrainsurreição do governo podiam explorar nos guerrilheiros durante a guerra. Circulavam rumores entre xamãs habitantes da floresta de que Leman havia criado dois tigres, adotados desde filhotes. Eram duas fêmeas. Uma pessoa de Nisam, também xamã, uma vez disse: "Leman era como uma mãe para essas tigresas".

Os soldados do Kopassus pensaram que seriam capazes de capturar uma das tigresas e emboscar Leman, para que ele saísse de seu esconderijo. Para os comandantes, essa tática somente funcionaria se alguns pré-requisitos fossem atendidos:

1. Eles poderem realmente capturar uma das tigresas de Leman.
2. Leman realmente amar as tigresas como uma mãe.

Syahdi não tinha certeza sobre há quanto tempo a tigresa estava no Campo Morcego quando ele chegou, mas já devia fazer algum tempo. Quando ele a viu pela primeira vez em sua cela, ela estava esquálida e fraca, mas, ele pensou, ainda devia ter força suficiente para derrubar um ou dois soldados do Kopassus com apenas um golpe de suas patas imensas, se tivesse oportunidade.

Se Baiduri fosse a tigresa de estimação de Leman, de fato, e seu mestre a tivesse deixado para praticamente apodrecer em uma cela do Kopassus, pode ser que ambos estivessem, na realidade, conspirando para lançar uma guerra psíquica contra os soldados do governo: deixando-os em uma dúvida sem fim sobre as suas próprias mentes. Eles nunca foram treinados para cuidar de um tigre capturado do inimigo, fosse pelo tempo que fosse. Enquanto isso, Leman se sentia tranquilo sabendo que os soldados do Kopassus não torturariam ou estuprariam essa prisioneira peculiar, táticas monstruosas que infligiam a prisioneiras humanas sem nem pensar duas vezes. Leman e sua tigresa já tinham vencido metade da batalha. A tigresa acabaria morrendo de velhice sob o cuidado do Kopassus até o fim da guerra, e Leman jamais pegaria tempo no Campo Morcego ou em qualquer outro campo de detenção. Seu nome nunca teria lugar na longa lista de separatistas que se renderam ou foram assassinados.

Mas, enquanto isso, o Kopassus fez seus próprios movimentos para passar a perna em Leman e Baiduri.

Syahdi conhecia outros quatro homens que foram levados antes dele para o Campo Morcego. Abu Neh, Idham, Farabi e um cujo apelido era Mudo. Antes de seguirem por caminhos diferentes, poucos anos antes de se reencontrarem no campo, esses homens trabalharam como lenhadores na Floresta Maja. Assim como fizeram com Syahdi, os soldados do Kopassus pegaram cada um deles separadamente, em diferentes lugares, e levaram-nos para ver a tigresa juntos, para ajudar os soldados a decidir se ela era de fato o bicho de estimação de Leman. Seu raciocínio era simples: se a tigresa não matasse os lenhadores na hora, então o cheiro deles devia ser familiar, talvez até os conhecesse bem. Assim, seria mais provável que a tigresa fosse de Leman, atendendo ao primeiro requisito que estabeleceram para capturar o xamã.

Infelizmente, os quatro lenhadores não tiveram chance. A tigresa matou todos rapidamente, um por um; ela não reconheceu nenhum deles. Em lágrimas, Syahdi descreveu como viu os ossos dos homens espalhados pelo chão da cela de Baiduri.

Os soldados do Kopassus quase desistiram desse jogo de adivinhar até sequestrarem e capturarem Syahdi, o último lenhador que sobrou do grupo e aquele que mais subestimaram.

Syahdi havia deixado os outros lenhadores há um bom tempo, anos antes de ser sequestrado pelo Kopassus. O único contato que lhe restava era com Farabi, que ganhava seus trocados como um cara fortão na rodoviária de Panton Labu. Ele entregava a pomada mágica de Leman para Syahdi duas vezes por ano. Leman só confiava em Farabi para entregar seu unguento mágico. Syahdi não fazia ideia de como Farabi tinha conseguido se apossar do unguento de Leman. Antes de ser capturado pelo Kopassus, ele nem sabia que o xamã estava em uma lista de procurados. Leman curou um ferimento de Syahdi quando ele tinha doze anos de idade e, depois de um acidente horrível, quase ficou paralítico da perna esquerda. Leman pacientemente cuidou dele com sua pomada mágica por meses. Ele não podia ir para lugar nenhum sem ela. Um pote de quinhentos gramas da pomada durava em torno de cinco meses. A última vez que Syahdi havia comprado a pomada mágica de Leman tinha sido oito meses antes de ser sequestrado; isso significa que Farabi tinha sido sequestrado e servido de comida para a tigresa não muito depois de lhe ter entregue o unguento. Enquanto isso, Leman deve ter continuado a fazer a pomada em seu esconderijo, uma localização que somente Farabi sabia.

Syahdi suspeitava que, enquanto Leman cuidava de sua perna paralítica, ele também tratava uma tigresa que ainda estava alimentando seus filhotes. No começo, era apenas uma suspeita, já que ele nunca tinha visto nenhum tigre na cabana em que Leman vivia. Talvez, por uma razão qualquer, ele tenha escondido o tigre de Syahdi. Sua suspeita apenas se confirmou muito depois, quando encontraram uma carcaça de tigresa dentro da cabana de Leman.

Syahdi não sabia se a tigresa Baiduri, mantida no Campo Morcego, era um dos filhotes cuja mãe fora curada por Leman com sua pomada mágica. Porém, toda vez que os soldados do Kopassus levaram Syahdi até Baiduri, ela nunca o atacava. Na realidade, ela lambia todo o pescoço, a bochecha e as costas dele, deixando arranhões dolorosos com sua língua afiada como uma navalha.

(2)

Dezesseis anos antes do sequestro dos lenhadores, o tio de Syahdi, Latif, o tinha levado para uma serraria na Floresta Maja. Ela ficava localizada perto de um rio, escondida por trás de árvores gigantes. Os dois levaram quase cinco horas para chegar lá a pé, saindo da vila mais próxima. Syahdi ficou na serraria por dois anos, trabalhando como cozinheiro para cinco trabalhadores, antes de ser forçado a sair por causa de um acidente que o deixou mancando da perna esquerda.

Foi na serraria que Syahdi viu um tigre pela primeira vez na vida. A criatura majestosa andava serenamente no outro lado do rio depois de emergir de uma abertura no cânion. Tigres vinham até o rio para beber água e depois voltavam para a floresta escura. Alguns deles passeavam sem rumo, observando os lenhadores lutarem com a madeira no outro lado do rio, e desapareciam por trás da neblina do entardecer para reaparecerem alguns dias depois. À noite, trabalhadores escutavam seus rugidos, tão altos e próximos como se estivessem rondando ali perto do portão da serraria. Mesmo que a serraria não ficasse muito longe da margem, o rio tinha quase seis metros de largura, e era fundo e com uma correnteza rápida demais para que um tigre o atravessasse.

Quando chegou à serraria pela primeira vez, Syahdi tentou distinguir os tigres entre si através da coloração de seus rostos e das listras notáveis em suas testas e bochechas. Era difícil fazer isso à distância, então a maior parte deles parecia idêntica, com exceção de uma tigresa que apareceu um dia com seus três filhotes, possivelmente com seis meses de idade. Syahdi tinha acabado de lavar arroz no rio, uma de suas tarefas da manhã, quando a família de tigres apareceu. Ele observou a mãe guiar os filhotes para o rio e ensinar-lhes como nadar. Eles voltaram no dia seguinte e pelos próximos três ou quatro dias e, a cada retorno, Syahdi os observava atentamente. Ele contou para seu tio Latif sobre a família de tigres quando estavam jantando — comiam sobras de arroz um pouco mais palatáveis por terem sido misturadas com uma sopa de macarrão pelando de quente. Latif não estava muito impressionado. Ele disse que Syahdi deveria parar de observar os tigres. Assim como os outros quatro lenhadores, Latif nunca prestou muita atenção mesmo nas criaturas. Depois de anos trabalhando na serraria, eles agradeciam pelo fato de o poderoso rio providenciar-lhes proteção contra animais selvagens. A única coisa que os preocupava era a batida esporádica que guardas-florestais faziam, tentando tirar da floresta lenhadores ilegais como eles.

— A tigresa não tinha rabo — Syahdi disse.

Idham tossiu, com cara de desgosto. Ele era sobrinho de Abu Neh, tinha a mesma idade que Latif e era como um chefe menor para os outros trabalhadores da serraria. Ele havia reclamado quando Latif trouxe Syahdi para o local, tinha dito que crianças não deveriam estar no meio da selva, que elas com certeza causariam problema, cedo ou tarde. Mas ele não podia fazer nada a respeito, pois Abu Neh, o dono da serraria, tinha dito sim para Latif. Neh, que tinha cinquenta e cinco anos de idade, se comovia com a história de Latif sobre seu sobrinho de doze anos que certamente morreria sob os abusos de seu pai se não tivesse sido resgatado. Latif disse que a mãe do garoto não podia fazer nada para protegê-lo, uma vez que ela tinha enlouquecido depois que o diabo possuiu sua alma.

— Se você não parar de observar esses tigres, vou te levar para casa amanhã — Latif ameaçou.

— Não faz isso, por favor. Quero ficar aqui — Syahdi implorou.

Mas, intrigado com a história de Syahdi, Idham caminhou até o rio na manhã seguinte para poder ver os tigres por si mesmo. Ele voltou quinze minutos depois e anunciou para os outros trabalhadores:

— A diaba não desistiu.

Um por um, os trabalhadores foram até o rio, a apenas trinta metros dos fundos da serraria, seguindo uma trilha que era usada para arrastar e largar as toras no curso d'água. Como Idham disse, a tigresa ainda estava lá, mas seus filhotes não estavam à vista. Ao ver os homens no outro lado do rio, a tigresa rugiu e correu em círculos de forma agitada. Chamados pelo poderoso estrépito de sua mãe, os três filhotes emergiram do rio e deram seus próprios pequenos rugidos.

— Será que ela quer que seus filhotes se vinguem de nós? — Abu Neh perguntou com uma voz preocupada.

— Por que nós? Não fomos nós que cortamos o rabo dela — Farabi disse. Ele era o homem mais corpulento entre todos os lenhadores, com músculos imensos no bíceps. Era o melhor no machado e quem recebia a tarefa de cortar as árvores.

— Houve um mal-entendido — Abu Neh disse. — Mas não se preocupem, eles não vão conseguir atravessar o rio. Nem hoje, nem nunca.

— Eu acho que ela consegue — Farabi disse. — Antes de Syahdi chegar aqui, vi que ela nadou pelo menos um terço da largura do rio. Só que foi refreada pela corredeira. — Farabi apontou para um lugar perto do meio do rio.

— Por que não contou isso pra gente? É muito perigoso. Não teríamos conseguido nos salvar a tempo — Abu Neh disse.

— Vocês tinham ido para o refeitório naquele dia — Farabi respondeu.

— Acho que é hora de pedir a ajuda dele — Latif disse.

— Você se refere a Leman, o xamã? — Farabi perguntou. Latif confirmou com a cabeça.

— Ele ainda está bravo comigo — Abu Neh disse.

— Não é sua culpa — Farabi disse. — Ele acha que somos próximos demais da equipe da Estação.

— Então você acha que devemos rejeitar qualquer pessoa que vier à serraria? — Idham questionou.

— Você é o único que não vê a hora de receber essas visitas. — Farabi sorriu maliciosamente. — Você não consegue viver sem uma revista de mulher pelada.

— Posso ler, pelo menos — Idham disse.

— Vou sair e encontrar Leman — Latif disse, acabando com a discussão entre Idham e Farabi.

Sem Latif e Idham por perto, o resto dos lenhadores trabalhou como sempre, cortando e repartindo a lenha em uma pilha alta de tábuas planas de quatro metros por oito, amarradas por uma rede tricotada de forma especial. Levaram no mínimo duas semanas para preencher a rede, que acomodava pelo menos meio metro cúbico de lenha. Assim que acondicionassem de dez a doze metros cúbicos de tábuas planas, soltariam-nas no rio. A tarefa de supervisionar o processo, garantindo que as tábuas amarradas seriam levadas pela corrente ao longo do rio, foi deixada para Quarta-Feira, o Mudo.

A noite veio mais cedo. O ar estava mais frio, mas não o suficiente para uma fogueira. Antes de Maghrib, Abu Neh mandou seus homens cobrirem a porta da serraria com duas grossas tábuas de madeira. Eles também colocaram três machados perto da porta, para que ficassem facilmente ao alcance. Farabi e Abu Neh pareciam nervosos, assim como Quarta-Feira, ainda que ninguém tenha se dado ao trabalho de explicar para ele o que estava acontecendo. Syahdi suspeitava que algo trágico devia ter acontecido entre os lenhadores e a tigresa no passado, antes de sua chegada. Na manhã anterior à partida de Latif e Idham, ele escutou seu tio contar para Abu Neh:

— Se eles não voltarem, tome conta do garoto.

Na noite em que a tigresa soltou uns dois rugidos altos, que encheram de medo os quatro lenhadores que restaram na serraria, nenhum deles conseguiu pegar no sono de novo. Talvez em uma tentativa de reprimir esse medo, Abu Neh decidiu contar para Syahdi a história de Leman, o xamã.

Abu Neh disse que, segundo as lendas, Leman nunca ficou muito tempo em nenhum lugar da Floresta Maja.

Ele era um verdadeiro explorador. Todo dia ele andava pela floresta, coletando vários tipos de folhas, raízes, insetos mortos ou musgos raros. Esses eram os ingredientes para sua pomada mágica. Primeiro ele a testou em algumas pessoas que se machucaram na floresta, ou a utilizou para cuidar de animais feridos que encontrava em suas expedições. Mas, como outros homens e animais, Leman tinha seu próprio ninho na margem do mesmo rio, uma cabana de madeira que ficava a três horas de caminhada rio acima. Alguns peregrinos que vieram meditar na área disseram que viram alguns animais feridos na cabana, que pareciam estar esperando pela volta de Leman. É verdade que o xamã tinha construído a cabana anos antes para ser uma clínica de animais; Abu Neh o ajudou a instalar as janelas e a porta.

Era época da estiagem, e Abu Neh previu que Leman estava bem, lá para seus lados do rio acima, talvez um dia de caminhada distante da serraria, ou até mais longe.

— Não se preocupe — ele disse —, ele consegue farejar um homem a quilômetros de distância.

Reza a lenda que os tigres da Floresta Maja idolatravam Leman porque ele salvara suas vidas várias vezes. Segundo Abu Neh, a tigresa apenas ensina seus filhotes a nadar na presença de humanos, como um apelo à luta, uma vez que tigres não nadam de fato. Eles precisavam, então, encontrar outra maneira de convencer a tigresa de que os lenhadores na serraria não eram seus inimigos — ou alguém que o fizesse.

— Então, quem é que cortou o rabo dela? — Syahdi perguntou para Neh.

— Não faço ideia — Neh respondeu. — Várias pessoas moram nesta floresta. Mas nós nunca machucamos os tigres.

— Deve ter sido alguém da Estação — Farabi disse, tentando se manter aquecido dentro de uma rede.

— Eu disse que não sei. Ninguém sabe — Neh falou.

— Eu os escutei dizerem isso pessoalmente — Farabi disse. — Estão dispostos a pagar um preço exorbitante pelo rabo de um tigre.

— Não sei o que mais preciso te dizer — Neh disse.

— Para que serve um rabo de tigre? — Syahdi perguntou.

— Para te tornar invisível e poder assaltar casas de gente rica — Farabi disse.

Farabi ficava interrompendo as histórias de Abu Neh a cada meia frase, sem querer mandando a real sobre aquilo que Syahdi sentia que todo mundo estava escondendo. Farabi discutia com Abu Neh quando achava que o velho não estava indo direto ao ponto. Ele realmente não tratava Neh com muito respeito, mesmo que este fosse o dono da serraria. Os outros três lenhadores, por outro lado, sempre foram capachos do Neh. Farabi atribuía sua ousadia ao tempo que passara na prisão. Ele mal tinha trinta anos, mas parecia bem mais velho que Latif e Idham. Sua família o abandonou em um orfanato, quando ele ainda era bebê, sem deixar nenhum bilhete no berço. Ele cresceu no orfanato, que também servia de colégio interno islâmico, e ficou lá até que um dia, quando era um pouco mais velho que Syahdi, estrangulou um professor até quase matá-lo. Durante o julgamento, ele insistia no fato de que o professor o estuprara várias vezes. O juiz o sentenciou a cinco anos por tentativa de assassinato. Ele conheceu Abu Neh, que pegara tempo por extração ilegal de madeira, no último ano na prisão. Quando saíram, Neh recrutou Farabi para ser um de seus lenhadores.

Farabi se tornou próximo de Syahdi. Ele escutou suas histórias sobre ter sido abusado pelo próprio pai e prometeu a Syahdi que daria uma bela de uma lição em seu pai assim que tivesse oportunidade — e um dia ele fez isso. Antes de serem todos sequestrados pelo Kopassus, Farabi era o único lenhador que mantinha contato com Syahdi.

Três dias depois, Latif e Idham voltaram para a serraria. Estavam sorrindo que só, ainda que absolutamente esbodegados por sua aventura.

— Acharam o Leman? — Abu Neh perguntou-lhes.

— Por pouco conseguimos, na Estação.

— É bem longe de onde ele fica. Ele não anda com medo de nada, né? — Neh questionou.

— Ele disse que a tigresa deve ter pensado que éramos da Estação.

— Como eu disse, foi um mal-entendido. Ele vai falar para a tigresa que não somos da Estação? — Neh perguntou.

— Ele disse que tentaria — Latif disse. — Se ela for embora, significa que deve ter escutado ele.

— Ele aceitou o tabaco que enviei para ele? — Neh disse.

Latif confirmou com a cabeça.

Dois dias depois, a tigresa e seus três filhotes foram embora do rio e nunca mais foram vistos. Ou pelo menos Syahdi nunca mais os viu depois de sair da serraria de Abu Neh.

(3)

O acidente pareceu ter acontecido do nada, no dia em que era preciso largar no rio as toras derrubadas. Syahdi já supervisionara o processo umas boas vezes. Os lenhadores precisavam de uma ajuda extra para fazê-lo, por isso costumavam chamar rapazes de vilas próximas para ajudá-los. Eles falaram para os freelancers cortarem a corda que mantinha as toras penduradas em sua rede sobre o rio, mas ninguém se deu ao trabalho de garantir que não tivesse ninguém no rio. Syahdi viu como que em câmera lenta as toras levadas pela corredeira girando rapidamente em sua direção. Ele gritou o mais alto que pôde. A última coisa de que se lembrava era de ter se jogado para a direita, na direção da margem do rio, para evitar a avalanche de toras.

Ele não se lembrava de mais nada. Quando acordou, percebeu-se em uma sala pequena com cheiro de umidade e com fezes de barata. Havia apenas uma lamparina, feita com uma lata velha de margarina. Syahdi gritou de agonia por causa de uma dor insuportável na sua tíbia esquerda. Uns instantes depois, chegou alguém da idade de Abu Neh. Um homem moreno magro e baixo.

— Finalmente você acordou — o estranho disse. Ele foi embora imediatamente, e apenas voltou algumas horas depois.

Passados alguns dias, Latif e Farabi visitaram Syahdi. Eles se revezavam para contar-lhe que sua perna esquerda fora esmagada por um bloco de madeira bem embaixo do joelho. Ele ficou inconsciente por mais de uma semana e agora estava sob cuidados na cabana de Leman. Quando o acidente aconteceu, os lenhadores quase desistiram de salvar sua vida. O xamã mais próximo vivia a uma distância de um dia de caminhada com relação à serraria, e a clínica mais próxima ficava a dois dias de caminhada. Farabi disse que a única chance de salvá-lo era levando-o até Leman. Se ele podia cuidar de animais feridos, devia ter algo para tratar o ferimento de uma perna humana também, Farabi concluiu. Os outros lenhadores se preocupavam com a possibilidade de Leman não estar em casa. Alguém disse que esperar o famoso xamã retornar à cabana, sem saber quando isso aconteceria, era o mesmo que deixar Syahdi à mercê da morte. Mas Farabi insistiu que Leman devia voltar para casa logo.

— Se não, não acreditarei mais que ele consegue farejar outros humanos a quilômetros de distância.

Sem esperar pelos outros, Farabi colocou Syahdi sobre as costas e começou a andar.

— Venha comigo — ele disse para Latif.

Estavam com sorte. Quando chegaram, Leman estava em sua cabana, descascando durians e jogando o interior macio da fruta em uma cesta. Farabi contou-

-lhe o que tinha acontecido. Leman disse para entrarem na cabana e colocarem Syahdi em uma esteira feita de folhas de pândano.

— Podem ir — Leman disse. — Voltem daqui uns dias, no mesmo horário.

Latif implorou para ficar na cabana e fazer companhia ao seu sobrinho, mas Leman disse-lhe para ir embora.

Toda semana, Farabi e Latif se revezavam para visitar Syahdi. Nunca tinham permissão para entrar na cabana, e também não sabiam como Leman estava cuidando da perna ferida de Syahdi. O xamã apenas lhes disse que Syahdi estava melhorando e que deviam confiar em seu método. O próprio Syahdi falou que Leman nunca massageara sua perna machucada, somente a besuntara com sua pomada mágica três vezes ao dia. Leman quase nunca falava com ele, exceto para dar-lhe instruções sobre como cuidar de sua perna.

Syahdi não se sentia confortável em ficar com Leman e implorava repetidamente aos lenhadores para levarem-no para casa. Ao contrário do que acontecia na serraria, Syahdi se sentia incrivelmente solitário na cabana de Leman. Ele conseguia escutar tudo de dentro da sala: o som sibilante e misterioso do vento, a corrente do rio, os sons de aves e insetos que nunca escutara na serraria, o som distante de mulheres separando arroz em um almofariz e, quando o vento oeste soprava, o som de uma serra elétrica, às vezes um murmúrio distante e frequentemente um rugido bem alto. Também havia os sons dentro da própria cabana, suaves mas bem definidos, algo entre um ronco e um arranhar insistente, tão difícil de descrever quanto muito notável — um som de que Syahdi se lembra até hoje.

A cabana tinha um quarto só, onde Leman dormia. A porta estava sempre trancada. Syahdi achava que o barulho peculiar que ele escutava vinha de dentro do quarto. Quando a noite caía e tudo ficava em silêncio, os roncos e arranhões ficavam mais altos, apenas encobertos pelo guincho de macacos no cume do morro no outro lado do rio. Syahdi se convencera de que havia outra criatura vivendo com eles dentro do quarto, mas não tinha certeza de que tipo ela era.

Em sua quinta semana na cabana, assim que o sol despontara de manhã, Leman levou Syahdi ao quintal para esticar suas pernas por trinta minutos. Fizeram isso todo dia até a sétima semana, quando o xamã aumentou a dose para uma hora a cada manhã. A princípio, Syahdi ainda estava fraco demais para andar por conta própria, mas Leman pacientemente o guiou. Quando Syahdi estava cansado demais até para conseguir levantar sua perna, o homem lhe disse para descansar em um gazebo no quintal.

De lá, Syahdi observava Leman juntar um monte de folhas, raízes e sementes de uma fileira de cestas e colocá-las no quintal para secarem sob o sol. Leman finalizava sua rotina matinal abrindo alguns durians e armazenando seus interiores macios dentro de outra cesta.

Em uma manhã, Syahdi estava sentado no gazebo para descansar quando viu Leman entrar correndo na cabana, deixando durians meio abertos perto da porta. Ele voltou carregando um rifle de caça, colocou a arma dentro de uma cesta de durian, fitou Syahdi e depois olhou na direção de uma trilha de caminhada nos arredores.

— Você consegue ir para dentro? — pediu para Syahdi.

O menino negou com a cabeça. Leman praguejou. Syahdi sabia que ele estava calculando seus próximos movimentos. Ele agarrou Syahdi e levou-o para dentro da casa.

— Fique aqui, não venha para fora — Leman disse, mas deixou a porta aberta.

Syahdi observou Leman voltar para seu trabalho. Geralmente ele levava menos de dez minutos para abrir dez durians, mas desta vez ele tinha que cortar cinquenta durians em duas cestas grandes. Ele as golpeava com seu machete, com raiva. Quando terminou a primeira cesta, quatro homens apareceram na trilha de terra. Não eram os lenhadores de Abu Neh. Leman os cumprimentou e ofereceu-lhes os durians já descascados, mas os homens não vinham pelas frutas, pois logo começaram a discutir com o xamã. Estavam a ponto de partir para cima dele, mas Leman alcançou seu rifle e mirou bem na cara deles. Fugiram correndo. Syahdi escutou um deles gritar que iam incendiar a cabana de Leman.

Leman ficou um bom tempo no gazebo com o rifle em suas mãos. Ele não sabia o que fazer; ficava olhando para sua cabana e então para a trilha de terra ao lado dela.

— Se prepare — Leman disse depois de um tempo para Syahdi. — Vou te levar de volta para a serraria.

— Mas não consigo andar — Syahdi disse.

Leman praguejou de novo e então disse:

— Vou te carregar.

Tinham andado quase nada quando Latif e Farabi apareceram no final da trilha de terra. Leman recebeu-os com alguns xingamentos bem grosseiros. Estava com medo de que não fossem vir. Farabi disse que precisaram tomar conta de algumas coisas, e o tempo passou rápido. Leman contou-lhes o que tinha acontecido. Farabi disse que ele podia ficar de guarda na cabana, mas Leman disse que era uma ideia ruim. Ele disse que não estava preocupado com a ameaça do homem, mas sim com Syahdi. Sua condição tinha melhorado o suficiente para voltar para casa, mas ele ainda precisava exercitar os músculos da perna mais vezes para se recuperar completamente.

— Está bem, então, vamos levá-lo para casa agora mesmo — Farabi disse.

— Se ele pudesse ficar um pouco mais comigo... — Leman disse. Dava para escutar a culpa em sua voz. — Tenho certeza de que conseguiria curar suas pernas completamente. Mas ele não pode ficar aqui. Sinto muito mesmo, mas haverá momentos na vida dele em que sua perna voltará a doer terrivelmente.

Leman foi para seu quarto e voltou com um pote de sua pomada mágica de cor acobreada.

— Isso deve ser suficiente para seis meses. Quando acabar, voltem aqui para buscar mais — Leman disse. Então, ele lhes deu instruções sobre como aplicar a pomada.

Eles chegaram de volta à serraria à tarde, e Syahdi estava empolgado. Parecia que fora libertado de algo repressivo que ele mal sabia distinguir. Na serraria, ele sentia como se estivesse entre amigos. Não se importava com o fato de ter que ficar de cama pelos próximos seis meses.

Três dias depois de Syahdi ir embora, pessoas incendiaram a cabana de Leman. Ao saber das notícias, Farabi foi atrás de Leman imediatamente. Avisaram-no de que isso seria perigoso, mas ele não se importava.

— Apenas encontrei os restos carbonizados de uma tigresa e seu filhote dentro da cabana — Farabi disse quando voltou. — O filhote ainda estava mamando na mãe.

Os trabalhadores da serraria não queriam olhar para Syahdi quando escutaram a notícia. Conseguiam escutar seus gritos de angústia. Syahdi pensava sobre o que teria acontecido se Leman não tivesse agido rapidamente para tirá-lo da casa logo. Talvez os seus restos carbonizados fossem encontrados perto da tigresa e do filhote. Então ele tinha razão, havia outras criaturas vivendo naquela cabana. Se a tigresa incendiada era a mesma que ele viu no outro lado do rio, na serraria, será que ela tinha carregado seus três filhotes consigo? Então era possível que houvesse mais tigres na cabana. Tudo aconteceu tão rapidamente, a cabana foi incendiada apenas dois dias depois que os homens ameaçaram Leman. Será que ele teve tempo de salvar os outros dois filhotes? Syahdi guardava essas perguntas para si, só mais tarde ele as compartilharia com Farabi.

Syahdi contou para Farabi que foram pessoas da Estação que ameaçaram Leman e que eles tinham visitado e permanecido na serraria antes.

— Edi e Edo? — Farabi perguntou.

Syahdi confirmou com a cabeça.

As pessoas da Estação eram homens que trabalhavam em uma grande serraria mecanizada, onde processavam apenas árvores de semantok e meranti de no mínimo três metros e no máximo quatro metros. As pessoas a chamavam de Estação porque, antes de ser transformada em serraria, sua localização, no ponto mais alto na Floresta Maja, fora utilizada por uma estação de rádio militar, apressadamente erigida depois que o governo lançou seu primeiro satélite Palapa. Os lenhadores da serraria de Abu Neh apenas tinham escutado histórias sobre a impressionante torre da estação de rádio, que era tão alta quanto o topo do maior coqueiro. As pessoas da Estação difundiam a lenda. Os lenhadores nunca tinham visto a torre eles mesmos, uma vez que a área fora cercada assim que os soldados chegaram. Eles não conseguiam imaginar uma estrutura feita pelo ser humano que pudesse ser tão alta. O governo enviara seis soldados para vigiar a área e, desde então, prenderam alguns intrusos, que foram multados por obstruírem as ondas de rádio da torre.

Depois de quase um ano que a torre fora levantada, era possível ver dúzias de búfalos nok carregando caixas através das velhas serrarias espalhadas ao longo do Rio Maja. Um dos peões de búfalos disse que eram muito bem pagos para entregar as caixas à Estação. Recebiam-nas de motoristas de picapes que as descarregavam de um caminhão maior que lutara para atravessar a estrada estreita e lamacenta da vila.

— O que tem dentro das caixas? — o peão disse. — Me disseram que é um aparelho para melhorar as imagens na tela de sua televisão.

Alguns dias depois, os peões passaram de volta pelas serrarias com apenas metade do número de búfalos sob sua posse.

— Assim que eles viram como esses noks eram fortes, insistiram em retirá-los de nossas mãos — um dos peões disse.

Naquela época, ninguém sabia quem eram esses "eles". Três dias depois, dúzias de outras pessoas chegaram em três ondas, junto de mais noks e mais trabalhadores. Seus uniformes tinham uma aparência estranha e deslocada: capas de chuva, capacetes e galochas, bem em meio à época da estiagem. Não falavam muito. Os lenhadores supuseram que as pessoas tinham sido enviadas para fazer a Estação funcionar.

Duas semanas depois que o último grupo de pessoas chegou à Estação, escutou-se um som maquinal barulhento que emanava da área fora das cercas. Parecia um trovão. Lenhadores na distante serraria localizada rio acima transmitiram a notícia de que era possível ver o topo da torre de telecomunicação iluminado à noite.

A eletricidade chegara. Então, os lenhadores começaram a reparar na água suja do rio. Às vezes mal conseguiam ver a água por causa de todas as toras que flutuavam eternamente rio abaixo. Os lenhadores perceberam marcas de serra nos troncos e galhos que nunca tinham visto antes, mais precisas e menos acidentadas que o seu próprio trabalho manual. Então, vieram os animais selvagens. Começaram a aparecer no outro lado do rio, inclusive tigres. A maior parte deles parecia estar confusa. Um ou dois, em pânico, tentaram atravessar o rio e se afogaram na corredeira. Como se as coisas já não estivessem ruins, alguns meses depois os lenhadores da Floresta Maja foram presos em uma batida que tinha lenhadores ilegais como alvo. Incendiaram suas serrarias, confiscaram as toras derrubadas, arrancaram as roupas dos lenhadores e deram uma surra neles, e os donos das serrarias — Abu Neh era um deles — foram julgados. Ele recebeu uma pena de oito meses.

Neh fora lenhador por mais da metade de sua vida antes de ter que passar uma noite na prisão. A única ferramenta com a qual ele tinha familiaridade era a serra. Foi por isso que, um ano depois de sua soltura, ele voltou para a Floresta Maja, para o mesmíssimo lugar onde costumava derrubar árvores, por conta própria.

Abu Neh não sentia medo porque ele aprendera em seu julgamento que lenhadores de pena curta, como ele, só estavam proibidos de derrubar árvores cujo tronco tivesse diâmetro maior que um metro. Além disso, ele teve que requisitar uma autorização, como os grandes lenhadores da Estação. Ele planejava derrubar apenas árvores pequenas para evitar complicações com a lei. O negócio era bom o suficiente, a ponto de pouco depois conseguir recrutar dois trabalhadores: um era Farabi, um amigo com quem costumava dividir cela, e o outro era Quarta-Feira, o homem mudo que conhecera em uma rodoviária em uma quarta-feira. Latif e Idham se juntaram a eles pouco depois.

Abu Neh conheceu Leman quando ele estava limpando os restos de sua velha serraria que fora incendiada. Ele conhecia o pai de Leman, um xamã famoso que se juntara ao Exército Islâmico de Daud Beureu'eh. Seu filho não se alistou, no entanto. Neh escutara rumores sobre Leman ter vencido alguns duelos contra tigres, o que fazia por diversão. Leman era um homem baixo e esbelto de pele escura. Havia cicatrizes por todo o seu rosto redondo, que pareciam feitas por garras de tigre. Quando o conheceu, Leman parecia mais jovem que Abu Neh, que tinha quarenta e seis anos.

Leman oferecera um trabalho para Abu Neh: construir uma cabana perto de um penhasco, embrenhada na floresta. Ele usaria a cabana para cuidar de tigres feridos. Ele disse que a Estação ficaria ali por um bom tempo.

— Estão construindo uma usina termelétrica a gás natural no Norte. Tão grande quanto esta floresta. O governo vai precisar ainda mais de lenha — Leman contou para Neh. Parecia que ele sabia bastante sobre o que estava acontecendo na Estação e no mundo fora da Floresta Maja.

Abu Neh sabia que a Estação tinha vindo para ficar, mas não fazia ideia da existência da usina termelétrica. O mais longe que estivera de sua velha serraria tinha sido a prisão, na capital do distrito. O Norte de que falara Leman se localizava em outro distrito. Ele achava esquisito que alguém com uma reputação de assassino de tigres dissesse que queria construir uma clínica para cuidar de tigres feridos, mas não queria ser enxerido. Sua nova serraria estava apenas começando, então ele levou adiante o trabalho de construir a cabana de Leman.

Assim que sua serraria começou a funcionar novamente, outras serrarias foram no embalo, ainda que não tantas quanto antes do governo localizar lenhadores ilegais. Trabalhadores da Estação às vezes vinham e ficavam, especialmente durante a estação úmida. A chuva constante tornava a rota para a Estação quase impenetrável. Eles então precisavam se mover tão devagar que frequentemente se viam forçados a ficar uma noite ou duas na serraria de Neh. Nunca vinham de mãos vazias. Retornavam com suas compras mensais no shopping da cidade, assim como correspondências e encomendas retiradas na agência de correios. Dividiam com os lenhadores da serraria de Neh itens como maços de cigarros brancos, café em grãos, macarrão instantâneo, comida enlatada, leite, baterias e até cartões com imagens de mulheres brancas nuas no verso. Compartilhavam os últimos boatos que tinham escutado na cidade e, certa vez, até ofereceram um emprego de caçador de animais selvagens pelos seus órgãos. Continuaram a visitar a serraria do Neh quando Syahdi estava vivendo lá. Ele os viu algumas vezes, embora Latif, o lenhador mais religioso entre eles, sempre tivesse tentado evitar que seu sobrinho conversasse com eles — homens que buscavam refúgio nas noites frias em inúmeras garrafas de licor e histórias obscenas.

Quando Syahdi ainda estava se recuperando do ferimento em sua perna, um homem da Estação se ofereceu para levá-lo ao hospital, mas Latif recusou educadamente.

(4)

Trouxeram um prisioneiro para dentro e jogaram-no em uma cadeira perto de Syahdi. Miraram uma luz cegante de lanterna em seu rosto. Ele queria proteger os olhos, mas suas mãos estavam algemadas.

— Você o conhece? — um oficial perguntou.

O prisioneiro levou alguns segundos para responder.

— Ele é o Syahdi, senhor.

— De onde você o conhece?

— Da Floresta Maja, senhor.

— Ele anda mancando?

— Sim, senhor.

O oficial mirou a luz da lanterna no rosto do prisioneiro.

Syahdi ajustou sua visão para olhar para o rosto do prisioneiro. Ele estava todo inchado. Sua pele estava amassada como uma jaca madura demais. O oficial devia ter acabado de dar uma surra nele.

— Syahdi, você conhece esse cara?

— Não, senhor.

— Vou matar sua mãe se você disser que não sabe o nome desse cara.

Syahdi não disse nada. É óbvio que fariam isso. Mas ele não fazia ideia de quem era aquele homem.

— Olha para ele mais uma vez — o oficial disse. — Olha bem.

Syahdi agiu de acordo. Olhou bem de perto para o rosto do homem e tentou compará-lo com os rostos de todos os homens que conhecera em sua vida, mas ainda assim não conseguia reconhecê-lo. Seu rosto destruído tornava ainda mais difícil ver como ele realmente era.

— Não o conheço, senhor.

— Leve-o embora daqui!

Cinco minutos depois, a luz da lanterna foi lançada de novo no rosto de Syahdi.

— Quem é ele? — o oficial perguntou para o novo prisioneiro, trazido há pouco.

— Syahdi.

— O que ele faz?

— É um lenhador.

— Quando foi a primeira vez que você o viu trabalhando como lenhador?

Nenhuma resposta.

— Quando?

— Talvez quinze anos atrás.

— Onde você o viu cortando árvores?

— Na Floresta Maja.

— A Floresta Maja é imensa. Em que ponto?

— Perto de um rio.

— Que idade ele tinha?

— Acho que doze.

— O que você fazia na Floresta Maja?

— Eu ia lá para meditar, senhor.

— Meditar?

— Para conseguir um poder mágico para ficar rico, senhor.

— O que você tinha a ver com o Syahdi?

— Conheci-o quando passei a noite na serraria de Abu Neh.

— Ele mancava de uma perna?

— Não, senhor.

— Lanterna!

— Sim, senhor! — outro oficial respondeu.

— Mostre a perna dele!

— Sim, senhor!

— Você mentiu — o oficial principal disse. — Olhe para a perna coxa dele.

— Não sabia, senhor! Quando o conheci, não mancava. Mas eu juro que é o Syahdi que eu conhecia.

— Syahdi!

— Sim, senhor.

— Você conhece esse cara?

Sob a lanterna, via-se um homem de seus sessenta anos, com lábios grossos e uma pinta grande na bochecha esquerda. Seu rosto estava limpo; não fora espancado como o outro prisioneiro. Syahdi tentou se lembrar se era um dos visitantes da serraria de Abu Neh.

— Não, senhor. Nunca o vi antes.

— Leve-o embora — o oficial disse. — Tem mais quantos lá fora?

— Só mais um, senhor — o oficial assistente disse.

Quando Syahdi viu o rosto do último prisioneiro sob a luz da lanterna, começou a chorar. O rosto do homem fora surrado até parecer uma massa ensanguentada. Ele se sentou inerte em sua cadeira.

— Syahdi?

A princípio, Syahdi não disse nada. Ele estava bravo.

— Vai se foder — ele disse do nada, surpreendendo a si mesmo.

O oficial percebeu a mudança na atitude de Syahdi. Era exatamente isso que ele estava esperando.

— Syahdi, você tem duas opções. Ou eu jogo sua mãe na toca dos tigres ou você responde minhas perguntas.

— Que porra você quer saber? — Syahdi disse com raiva.

— Quem é esse homem?

— Amir Siregar.

— Onde ele vive?

— Na loja Simpang Binu.

— O que ele faz?

— Ele fornece rádios.

— Você o conhece faz tempo?

— Um ano, mais ou menos.

— Como você o conheceu?

Syahdi não respondeu.

— Syahdi... Como você o conheceu?

— Comprei um toca-fitas dele.

— Leve-o embora. Já chega por hoje.

Assim que chegou ao Campo Morcego, Syahdi foi forçado a ver outros prisioneiros quase todos os dias. Eles vinham de outros campos de detenção do Kopassus naquela área. Syahdi vira dúzias deles. Os interrogadores forçavam a barra para arrancar informações de quem conhecesse Syahdi como lenhador da serraria de Abu Neh. A maior parte deles alegava conhecê-lo bem antes e depois de seu acidente. Alguns deles descreveram precisamente o que Syahdi fazia na serraria, cuidando dos lenhadores e cozinhando suas refeições, e diziam que ele era sobrinho de Latif.

Os oficiais se frustravam com a insistência de Syahdi em dizer que nunca tinha visto nenhum dos prisioneiros, até o dia em que trouxeram Amir Siregar até sua cela. Amir não tinha estado na Floresta Maja dezesseis anos antes — ele vivia em Achém há apenas cinco. Trouxeram-no para o interrogatório como alguém que Syahdi conhecia muito bem, mas que não tinha relação alguma com os lenhadores da Floresta Maja. Ele estava lá para convencer os interrogadores de que Syahdi não estava mentindo, fingindo não conhecer os outros prisioneiros. Syahdi disse que havia outros três prisioneiros como Amir, que foram levados para vê-lo.

Syahdi achava que os prisioneiros que "conheceram-no quando ele vivia na Floresta Maja" deviam ter visitado ou ficado na serraria de Abu Neh — por várias razões distintas, inclusive para aprender o poder mágico para tornar-se rico. Mas ele simplesmente não conseguia se lembrar de seus rostos. Nem a pinta no rosto de um dos prisioneiros fora capaz de refrescar a sua memória.

Convencidos de que Syahdi não estava mentindo, os soldados do Kopassus o levaram até outros dois prisioneiros, que pareciam ter uma conexão especial com a tigresa e com Leman. Foram torturados, não uma única vez, antes de serem levados até o Campo Morcego.

Eram dois dos quatro homens que ameaçaram incendiar a cabana de Leman. Syahdi os reconheceu. Eram gêmeos, e ambos tinham passado a noite na serraria de Abu Neh algumas vezes, tanto antes quanto depois de seu acidente. Syahdi os observava fascinado, pois eram gêmeos idênticos e ele nunca vira algo do tipo. Eram Edi e Edo. Edi, o mais velho, era supervisor na Estação; ele quem tinha se oferecido para levá-lo ao hospital, o que Latif recusara. Eles eram as pessoas da Estação que Farabi acusara de cortar os rabos dos tigres que Syahdi vira no outro lado do rio. Syahdi também sabia que foram eles que persuadiram Idham e Quarta-Feira, o Mudo, a caçar tigres por seus órgãos. Eles estavam preparados para pagar muito.

Quinze minutos depois que Edi e Edo foram levados ao Campo Morcego, a construção sacudiu com os rugidos e brados emanando da cela da tigresa Baiduri. Syahdi disse que isso nunca tinha acontecido antes. A tigresa nunca reagia, nem ao cheiro do sangue humano, mesmo depois de ser deixada sem comida por dias.

Durante seu interrogatório, perguntaram para Edi e Edo se eles também reconheciam Syahdi. Ao contrário dos outros prisioneiros, ambos disseram que não. *Impossível*, Syahdi pensou, *eles devem saber quem eu sou*.

Quando a tigresa na cela ao lado entrou em estado de fúria, Syahdi escutou os oficiais ameaçarem repetidamente Edi e Edo, dizendo que os deixariam à mercê dela se continuassem a se recusar a dizer onde Leman se escondia. Um dos oficiais falou para os gêmeos que a tigresa agradeceria pela oportunidade de vingar a morte da mãe dela, dezesseis anos antes, mas Edi e Edo juraram que não sabiam onde Leman se escondia. Syahdi pensou que as perguntas feitas pelos oficiais pareciam sugerir que os gêmeos eram especialmente próximos de Leman. Os soldados do Kopassus os acusavam de distribuir a pomada de Leman para guerrilheiros. Teriam eles reestabelecido contato com Leman depois que ele deixou a serraria? *Não é impossível*, Syahdi pensou. E agora eles estavam arriscando suas vidas para tentar proteger Leman, que antes fora seu inimigo. Uma coisa sobre a qual não tinham o que fazer era o fato de que sua presença no Campo Morcego provocara a ira da tigresa. Ela começou a ficar possessa antes mesmo de eles de fato entrarem na prisão!

Quando Edi e Edo foram levados até Syahdi, os oficiais do Kopassus tinham apenas uma pergunta: ele os conhecia?

Syahdi viu que essa era a sua chance, uma chance tão ínfima quanto o espaço entre um dente de serra e o tronco de uma árvore sendo serrada, que os oficiais inadvertidamente proporcionaram para ponderar sobre sua resposta com cuidado. Seu primeiro pensamento foi proteger Leman. Deve ter sido o que os outros quatro lenhadores fizeram antes dele. Se ele contasse para os oficiais que ele conhecia Edi e Edo, sabia que eles não teriam como conter a ira de Baiduri, e os dois contariam onde Leman estava assim que tivessem a oportunidade. Syahdi também sabia que, fosse qual fosse a sua resposta, ele estava fadado a encontrar-se com a tigresa cedo ou tarde.

— Syahdi — o oficial disse —, você reconhece esses canalhas?

— Não — Syahdi disse —, nunca vi os dois na minha vida toda.

Banda Achém, 16 de janeiro de 2022

À sombra de Ícaro
Uxue Alberdi

Uxue Alberdi nasceu em Elgoibar, no País Basco, em 1984. É escritora e bertsolari. Entre os textos de sua autoria estão contos, romances, ensaios, crônicas e obras para o público infantil. Recebeu o Prêmio Euskadi de Literatura em duas ocasiões: na categoria literatura infantil e juvenil, por *Besarkada*, e na categoria ensaio, por *Kontrako eztarritik*. Seu romance mais recente, *Jenisjoplin*, recebeu o Prêmio 111 Akademia e foi traduzido para o espanhol e o inglês.

Tradução do espanhol:
Beatriz Regina Guimarães Barboza

Glossário

aita: pai
ama: mãe
amama: avó
andereño: professora
askatasuna: liberdade
doski: abreviação de duas mil e quinhentas pesetas, o preço da porção de haxixe que dava lugar ao seu nome
euskañol: nome coloquial que se dá à mescla entre os idiomas euskara e castelhano, resultado da contaminação linguística entre ambos
gaztetxe: espaço de autogestão cultural e reapropriação social que durante décadas se erigiu como modelo alternativo para um setor da juventude do País Basco
goitibehera: um carrinho como o de rolimã, com três ou quatro rodas, sem propulsão, para competições ladeira abaixo
GORA ETA, LEITZARAN EZ! INTSUMISIOA: pichações muito frequentes nos anos 1980 que significavam VIVA ETA, NÃO À LEITZARAN [a construção da rodovia]! INSUBMISSÃO
ikastola: centro educativo cooperativo que usa o euskara como língua veicular.
King Kong: prédio residencial muito conhecido na localidade da autora
Marlon askatu: liberdade para Marlon

> *o tempo exato prévio ao florescer,*
> *a época da maestria*
> *antes que a dádiva apareça,*
> *antes da possessão.*
>
> Louise Glück

1

Estamos tensos, a adolescência nos ronda. Das sacadas de nossos amigos, medimos a altura necessária para morrer. Oihana e Lore vivem no sétimo andar, Eli no oitavo. Os prédios de nossos bairros não se parecem com as casas que desenhávamos quando crianças: são monstros inexpressivos de tijolo à beira da rodovia. De vez em quando, escutam-se ruídos de freada e de atrito de pneus, mas o rumor dos carros normalmente é monótono. "Come fruta!", a amama repreende Eli quando a vê se achegar aos armários da cozinha: tende a engordar. "Quantas faltas?", lhe pergunta ao vê-la com as tarefas. "Ajeita essas costas". Na ikastola, os erros são chamados de *faltas*. Nos fazem praticar ditados no verão. Nos definem o pudor. Lore vai de cabelo molhado, preso com um pente em um rabo de cavalo, faz toque de bola, não se fia em nossa ingenuidade feminina infantil. Oihana compra maços de tabaco BM na tabacaria para sua mãe.

De tarde, nossa casa é do aita: ele trabalha e é preciso fazer silêncio. Vejo-o curvado sobre seus papéis. Somos cultos. Temos um mapa-múndi no banheiro, constelações no teto, livros nas estantes, um globo terrestre no quarto. Aita pega uma caixa de fósforos quando vai soltar um barro. Me obriga a repetir a grafia da letra *t* para me fazer exercitar a humildade: "Você coloca o traço alto demais". Quando está alegre, solta expressões em italiano: bisogna insistere, la tua mamma, la mala testa. Minha mãe chega em casa com as notícias das nove. Depois de fechar a loja, toma um vinho com sua irmã, dois, às vezes três, até ficar tarde. Também chega atrasada ao meio-dia: pratica jogging em seu tempo livre. Ao seu lado, me falta energia. Espero-a aconchegada na sacada, de roupão, de banho tomado. Inspiro o frio. Me levanto ao vê-la subir a ladeira. Na rádio, ouve-se a guerra da Iugoslávia. A guerra chega à nossa casa na hora do jantar, antes da ama. Comemos pão sem sal, não tiramos o lixo, fazemos abdominais na cozinha.

O verão nos esmaga contra o cimento à medida que o sol clareia os pelos das nossas coxas. A cada dia ensaiamos uma variante da alegria, como se fosse preciso liquidar uma dúvida, mas é cada vez mais difícil. Não somos pequenos a ponto de depender de nossos pais nem suficientemente livres para nos movermos por conta própria. Não nos falta nada, mas não sabemos o que fazer com o tempo. Me deixo cair no frescor do saguão sob o peso de quarenta apartamentos, o cheiro de água sanitária me estimula. "Entediar-se é importante", minha mãe me instrui quando torna a ir embora.

Espero meus amigos sentada em um banco verde embaixo de casa porque não quero que aita chame a atenção deles por falar mal o euskara. A gramática é sua maneira de domar a inquietude; dedica-se a preservar a norma, sente-se salvo dentro do sintagma. Me ensinou a me proteger com as palavras. Tenho onze anos e me emociona o verso "ao dançar, girava sem sequer tocar o solo"[1]. Falo duas variantes, um euskara correto em casa e o *euskañol* na rua: aprendi a refrear meu idioma dentro dos limites da vergonha. O nome de Indurain me chega vindo das cozinhas do bairro, através de ânimos e vivas: escapa deixando os competidores para trás. Eli se aproxima com um grande pedaço de plástico debaixo do braço. Asier também desceu. Sua mãe arremessa seu sanduíche pela sacada: "Não joga o pão!". Acaba de entrar no estirão e seu corpo lhe é grande demais, dá um samba nele, faz parecer que sua cabeça encolheu. Arranhões de gotelé brilham em seus cotovelos e suas pernas parecem estacas. Sacode uma bolsa de tecido: "Fichas". Eu abro minha mochila: cordas, cordões e fios, um martelo.

É preciso cruzar a ponte sobre a A8 para chegar ao prédio de Lore e Oihana. Provocamos os caminhoneiros para tocarem a buzina, e não nos damos por vencidos até conseguirmos. No cruzamento, afundamos os pés no cimento fresco: o fato de eternizar nossas solas nos

---

1 Verso de *Nere sentimendua* (*Meu sentimento*), de Antonio Urbieta. (N.T.)

produz um sossego passageiro. Nas fachadas do outro lado da ponte, macacões de trabalho azuis e cinzas balançam ao sol, inflados pelo vento de vez em quando. Lemos as pichações à margem da rodovia sem as pronunciar: GORA ETA (m), LEITZARAN EZ! INTSUMISIOA. Não falamos sobre o que as paredes dizem.

A mãe de Oihana e Lore atende o interfone e nos pede para subir. A porta do elevador é pesada. Alguém queimou o botão com um isqueiro. Por sob a porta do apartamento deslizam fragrâncias de amaciante Mimosín e cheiro de fumaça de cigarro. Frequentemente venho ver tevê, aqui não incomodo. Karmen abre a porta e nos enche de beijos. Apalpa minha bunda, como de costume: "Essa bunda linda!". Usa moletom e exibe um permanente. "Não sai de casa", minha mãe diz sobre ela. É a única coisa que diz, e dilata as narinas com desconfiança. "Não está bem", a escuto comentar, mas a encontrei triste apenas uma vez. Estávamos assistindo *La ruleta de la fortuna* sozinhas, Oihana e Lore estavam brigando em seu quarto, e ela logo caiu aos prantos porque a haste de seus óculos havia se quebrado. Chorou por um bom tempo, eu fiquei em silêncio. Hoje está contente. Na sala, Lore fala com seu aita sobre Zülle, Rominger e Ullrich. Lore nunca terá quadril. Kaiet aparece com duas placas grandes de okoumé, sem camisa. Usa uma calça Adidas falsificada, com as três listras verticais coladas ao tecido ao invés de costuradas. É o irmão mais velho das gêmeas, tem cinco anos a mais que nós. Diz que vai nos ajudar a transportar as placas até o acampamento. Karmen compartilha conosco guloseimas, presuntos, Minimilks e pacotes de batatas fritas. "Vão, divirtam-se!", despede-se, dando um tapa no meu traseiro.

No caminho para San Roke, antes de chegar à ermida, viramos à direita por uma vereda. Temos uma base ali. Passamos as últimas tardes aplainando o terreno, fincando paletes. Os jovens vão de trem à praia de Deba; a nós isso não é permitido ainda. Deixamos as mochilas e mandamos Asier encher os cantis na fonte. Enquanto ele não retorna, esticamos a lona e fincamos as chapas de okoumé nos paletes que servirão de paredes. Foi Kaiet que serrou a medida, sua Chester entre os dentes. Oihana pensou a estrutura, Lore a corrigiu, as duas xingaram-se, e nós, os demais, não nos atrevemos a nos intrometer. São mais espertas e obscuras que nós por motivos que me escapam. A Eli e a mim, só nos vêm ideias sobre como arranjar o interior. Asier teima com o telhado. Damos razão para ele: o telhado é fundamental, o mais importante é que a parte de dentro não fique molhada, é poder guardar coisas na cabana. Confeccionamos um sofá adaptando duas almofadas compridas para três assentos encostados, desprovidos de pés.

Nos sentamos para descansar. Kaiet pega umas latas de cerveja, nos desafiando do andar superior em que lhe coloca sua idade. Só Oihana bebe, uma cerveja, e ri de maneira trivial. "Vocês são uns retardados", Lore xinga seus irmãos enquanto dá um chute em um tronco. Ocupa-se do telhado em silêncio. Asier a ajuda.

Conversamos sobre as pessoas da ikastola. A irmã mais velha da Ane González disse para ela que vai ficar de dieta antes de começar a menstruar. Maitane sempre está com as mãos suadas. Os seios de Amaia Eguren são da cor dos Chupa Chups de morango com leite e te deixam com vontade de chupá-los. O pai do Jon Korta bate nele; uma vez fincou um garfo na sua mão. O Andoni fica duro durante a aula. Falamos mal dos professores. Se a de dança é alcoólatra, Joxe é um velho safado e Xabi uma bichona. Castigaram Gorka López por xingar Xabi no recreio: "Salam marika! Salam marika!", fazendo gestos na linha moura. A solitária andereño Lourdes se conserva em formol no laboratório. Mirari tem dentadura de cavalo, voz de gigante. Logo acabamos falando dos nossos próprios corpos. Eli comenta que seus quadris alargaram. Oihana confessa que suas tetas doem. Me disseram que sou cilíndrica, e eu não gostei nadica disso. É verdade que meu peito ainda não cresceu nem minhas curvas ganharam forma. Minha vulva sim, tem outro cheiro, de limão, de iodo. Posso perceber esse cheiro inclusive neste momento, atravessa minha calça. Percebo meu cheiro o tempo todo. Não sei se os demais também.

Kaiet abre a segunda lata. Oihana pega os Minimilks, tira a embalagem e nos diz que "é assim que se mama", primeiro esfregando a ponta da língua no picolé e depois metendo-o inteiro na boca. Rio, mas pego as cordas e vou para junto de Lore e Asier. Reparo que Kaiet afundou sua mão direita no bolso do moletom. Dizem que alguns garotos se masturbam assim. Ele tira o isqueiro e acende um cigarro.

Chega uma névoa vinda de Durango. Estendemos

o plástico sobre a estrutura do teto, sobrepomos varas e galhos de palmeira e atamos tudo com as cordas. As palmas também são de plástico, de uma planta artificial que encontramos nas lixeiras; os fardos de palha roubamos na corrida de goitibeheras. Espalhamos o capim seco sobre os galhos e o prendemos com pedras planas. O telhado parece resistente. Comprovamos que as paredes são firmes e retrocedemos uns passos para contemplar a cabana. "Deveríamos dormir aqui um dia", dizemos. "Entramos?", propõe Oihana.

Nós nos sentamos amontoados uns nos outros, todos temos que caber ali. O lanche. Cheiramos a açúcar, óleo e suor. Entre as frestas dos paletes, infiltra-se um pó dourado que permanece flutuando no ar. Asier tira de sua mochila um toca-fitas sem pilhas, que besta, não se tocou de que aqui não tem tomada. Mesmo assim o colocamos perto do sofá, dá uma boa impressão. Eli finge ligar o aparelho e começa a cantar: "If you wannabe my lover!". Os demais a acompanham, balançando cabeças e braços: "I wanna ha! I wanna ha!". Nossos braceletes baratos tilintam.

Kaiet ficou a certa distância dessa farra infantil. Ele joga o corpo para trás e me olha com olhos de betume. Agita os dedos para tirar de si as fibras de tabaco. Encaro suas mãos, que poderiam muito bem segurar firme em carnes. Sinto como se me tirassem dois fios: o hálito quente do grupo e uma chamada individual, diferente, que se aproxima de mim rastejando. Me junto ao pulso do grupo sem me soltar completamente do olhar de Kaiet.

Escutamos o som grosso de uma gota. Olhamos para o teto. "Shhh", diz Lore. Outra gota. "Tempestade", avisa. Cantamos mais forte. Entra ar fresco. O primeiro trovão ribomba, e Oihana e eu retesamos os músculos e damos gritinhos: já aprendemos que o medo é sexy e o praticamos. Asier esfrega as mãos. Os três irmãos se abraçam. Eli mete um punhado de jujubas na boca. A euforia preenche a cabana quando começa o temporal. Por um breve momento, deixamos de fora tudo aquilo que não chegamos a compreender.

2

Inauguraram a escultura de Ícaro na ponte do King Kong. As cidades da região tentam se livrar da carga de um passado conflituoso à base de raspar o sebo das superfícies e encarregar obras de arte e oliveiras da decoração de praças, pontes e rotatórias. A figura de Ícaro é de bronze e alumínio, e está pendurada sobre o rio Deba com as mãos aferradas à ponte. Trata-se de ensinar o povo através do mito do homem cujas asas de cera foram derretidas pelo sol: não é o melhor lugar do mundo, mas conformem-se para que não tenham que carregar o opróbrio de ter pretendido voar alto demais.

Vim ver a figura com minha tia. Desde que comecei a ir ao colégio do secundário, não tenho lugar no grupo de garotas da ikastola: já faz umas boas semanas que não contam comigo em seus planos. A turma do bairro se desfez no último verão. Confio mais no futuro que no presente. Minha tia, de costas para o monumento, aponta para o vitrô dos fundos da loja, sobre o rio: "A água entrou por ali". O desastre familiar: a enchente lhes arrancou o negócio em duas ocasiões, em 1983 e em 1988. Conseguiram recompô-lo graças à sua gente, que lhes ajudou a retirar o lodo, a renovar a mobília, a salvar cada uma das meadas, dos discos e dos livros. "Desenrolávamos os carretéis até a trama, onde começava o fio limpo... Ainda que se só salvasse um metro, era um metro salvo".

Desejava dizer-lhe que também gostaria de salvar, consertar, iniciar algo com meus amigos, mas que não sei como é possível colaborar quando o grupo te machuca, quando te sobrecarrega, quando você lamenta suas dinâmicas. Existem pessoas que fazem seu lugar entre as pessoas com a mesma facilidade com a qual respiram; não é meu caso. "Nunca se sabe por onde o ar vai entrar", minha tia diz, como se lesse meu pensamento. Levo minhas mãos ao pescoço: alguém me agarrou pelo capuz do suéter e me puxa, quase me tira do chão. "Vem?". É Jennyfer, a sapatão do colégio. Já tinha notado que me olhava. Está com sua turma. Me inclui, segurando-me pela nuca.

"Vamos libertar Marlon", me avisa uma garota alta que exibe uma tatuagem tribal no braço esquerdo e um furo no lábio. "Saioa", se apresenta, levando dois dedos à frente e sem deixar de caminhar. "Vive ao lado do velho campo de futebol", esclarece. Compreendo que se refere a Marlon. Vejo minha tia dirigir-se da ponte à loja.

Jennyfer passa o braço pelos meus ombros, me envolvendo em um aroma de suor e vinagre. Ela come cebolinhas em conserva de um saco transparente. "Sabe quem é?", pergunta. Confirmo. Marlon, Olegario, Fonda, Maca, Colomo... Cada qual com sua história. Olegario jogou um botijão de gás de um quinto andar. Também é conhecido por tentar pagar os bares com fichas laranjas de carrinho bate-bate. Fonda é uma fritação: conseguia menções honrosas no colégio, mas se perdeu da carreira nos esportes por culpa das anfetaminas, ou porque era ligeiro demais, ou pelas duas coisas, conforme dizem. Publicou dois livros em um idioma inventado por ele. Maca trabalhou como prostituta em Madri e escuta vozes. Deixou um anúncio na sacada de sua casa: "Vendo casa com marido dentro". Colomo decorou a lista telefônica e, quando você menos espera, ele canta seu número de telefone na rua.

Perder a cabeça é um medo que me persegue desde a infância. Sei que poderia acontecer. Imagino que tipo de loucura seria a minha, como a de quem. Sei que estou mais próxima de Fonda e de Colomo do que de Olegario e de Maca, por exemplo. Marlon é quem está mais distante de mim, é doente de nascimento. Apelidaram-no ironicamente, por causa do Marlon Brando. É coxo e desajeitado: tem uma perna vinte centímetros mais curta que a outra e usa um salto grosso para compensar a diferença, o balanço do quadril e o arrastar do pé direito. Sempre veste uma calça preta boca de sino que oculta a sola feia do seu calçado. Assemelha-se ao valete de paus com a mecha cor de palha que chega até o seu queixo.

"A mãe prende ele", Saioa me diz, ofendida. Já tinha escutado isso antes. Minha tia me contou que esconderam o rapaz em casa até os dezoito anos, que na cidade ninguém conhecia "aquele menino que Deus fez pela metade". Saioa explica: "Preso, como um cachorro", e vira à direita na rotatória dos negros, onde a prefeitura plantou uma oliveira também. Deixamos para trás a discoteca, a serraria, o posto de gasolina. "Quando cresceu e virou homem, começou a escapar para ir atrás das moças, com esse passo e esse quadril e seu sorriso torto", minha tia me explicou. Saioa dá um pontapé em uma garrafa de plástico. "Fazer filhos para isso". Eu o vejo subir a rua nos sábados, emitindo essa espécie de arrulho, como o das pombas. Não fala, não sabe. Às vezes os jovens lhe dão bebida: já os vi provocando-o e zombando de seu andar oscilante. Quando maquina algo, alardeia seu nome: "Marlon-Marlon!". Na altura da fábrica de rações, Saioa arremata: "Só o liberam no fim de semana, está preso pelo tornozelo".

Nos afastamos mais da cidade. As vidraças dos pavilhões abandonados estão quebradas. Os rapazes lançam pedras e garrafas para dentro. Somos um grupo pequeno, cinco garotas e dois garotos. Deixamos para trás os grafites, os cartazes desbotados, os anúncios de "Aluga-se", os carros com dedicatórias de "Me lava, seu porco", os alpendres de uralita. Sentamos nas escadas atrás do bar Los Herminios. Ninguém pergunta meu nome, me recebem com a fumaça de seus cigarros.

Saioa tira de sua mochila um alicate e um spray. "Vou entrar sozinha", diz. Os dois rapazes decidem subir pelas árvores na frente do casarão para controlar a entrada. "Você vai fazer a pichação?", Saioa pergunta a Jennyfer, que brinca com uma lata enferrujada, passando-a de um pé para o outro. "O que quer que escreva?", ela responde, segurando o chute. Saltam do euskara ao espanhol constantemente. "Marlon askatu, né?", propõe o rapaz de olhos fundos que ficou calado o tempo todo. "Marlon não é um apelido?", pergunta a garota que bebe Coca-Cola junto a Jennyfer. Ninguém sabe o verdadeiro nome de Marlon. "Então *Independentzia* e ponto final", sentencia o cara de pálpebras caídas, "sei lá!". Jennyfer dribla o garoto que tenta tirar a lata dela e conclui: "Já, já aparece alguma ideia". Digo sem pensar: "Te acompanho".

A casa fica longe, entre o bairro operário na marginal das linhas de trem e o antigo campo de futebol. Saioa explica que ela tem um jardinzinho que dá para o rio, delimitado por uma cerca, um lugar onde gatos e patos geram suas ninhadas incompatíveis. Pelo jeito, Marlon costuma estar preso a uma argola e alimenta os animais com nacos de pão. Parece que aprendeu seu repulsivo arrulho com as aves. "Dorme aí?", pergunto. "Pode crer".

Aguardamos os postes de luz se acenderem. Os garotos sobem pelas bananeiras podadas do outro lado do caminho. "Chris, me passa um pito", Saioa, do chão, lhe pede, e ele lança o pacote a partir de um galho que parece um cotoco. "E se nos seguir?", pergunta a garota cujo nome desconheço. "Pois lhe dê uma Coca-Cola… Que tonta", responde Jennyfer, que aponta para meu capuz: "Bota o capuz". Pegamos o spray e nos encostamos na parede da casa que está no escuro; os postes iluminam a outra calçada. "Me corrige se eu fizer algo errado", ela me pede, sacudindo a lata e começando a escrever. "Pssst!", agachada junto a umas hortênsias, Saioa nos indica por onde vai entrar. Olho para os lados. Acaba de passar um carro, mas não nos viu. Quando Jennyfer termina, eu a apresso: "Vamos!".

Saioa trepa pela mureta de cimento onde a cerca se apoia, monta sobre ela e desce veloz. Permanece no limite do jardim, os alicates no bolso da jaqueta, os olhos se adaptando à escuridão. Vimos Marlon meio encostado sobre algo que poderia ser uma espreguiçadeira de praia, talvez adormecido. Dá para ver sua cabeça, inclinada. Dá a impressão de que ao seu redor há restos de comida, embalagens, latas e garrafas. Um gato lambe os desperdícios. Cheira a urina e a flores. "Será que as coisas dele estão aí?", pergunto a Jennyfer. Ela coloca seu dedo sobre os lábios, alerta. Saioa se aproxima devagar. Pego a mão de Jennyfer que, embora me olhe assombrada, aperta minha mão com a sua. Vislumbramos duas pontas de cigarros nos cotocos das bananeiras. Saioa está junto do vulto. E se Marlon sair correndo? Pode ser que seus pais tenham uma arma.

O gato foge assim que sente a presença de Saioa. Não há movimentos. Nos esforçamos para ver a corrente presa à parede, mas da nossa posição não dá para ver nada com clareza. Não compreendemos o que Saioa faz, imóvel diante de Marlon, sem se agachar para retirar a corrente. Será que tem medo de fazer barulho? Ao retroceder, pisa em uma garrafa e nos preparamos para escapar. No entanto, ninguém se move.

Saioa volta ao tapume e contorna a cerca com calma. "Não é ele", diz. Caminhamos em silêncio atrás dela, dando a volta no apartamento. Nos detemos diante da janela da sala: Marlon e sua mãe assistem tevê de mãos dadas, as luzes coloridas se refletem em suas caras. Na parede do casarão, lê-se "Askatasuna" em letras vermelhas.

3

Jennyfer e Saioa repetem de ano, agora estamos na mesma classe. Saioa tem braços e coxas bem magros e peitos de atriz pornô. Jennyfer tem pernas de jogadora de futebol, parece um jóquei. De tarde, nos reunimos na garagem de seu pai, que nos traz rolamentos e ripas de madeira de sua oficina para construir uma goitibehera. Queremos fazer uma goitibehera de garotas para o dia de San Juan Bosco. Não deixamos os garotos entrarem, nem Jonás, nem Chris, os namorados de Jennyfer e de Saioa. Elas já ficam com eles na garagem, onde se masturbam e fumam baseados. Saioa fode, inclusive. Ela diz "dar uma trepada". Manchas e buracos abundam em seus moletons.

Elas também fumam na garagem quando estão comigo, sem parar. "Mete um baseado aí", ordenam uma à outra. Abre-se aos meus olhos uma linguagem nova que me reveste de violência e de pertencimento, e que se torna imprescindível justamente no ponto onde me dói. Falo com elas em um euskara não tão raquítico como o seu e, para minha surpresa, recebem a língua como água da fonte. "Você fala bonito", me diz Saioa. Elas querem algo de mim também. Normalmente fumam doski, amarronzado e granuloso, até que alguém lhes traga do Marrocos um ovo metido na bunda[2]. Os ovinhos formam bolhas quando aproximamos o isqueiro deles e deixam os dedos melecados. Eu as observo, deslumbrada com a habilidade de seus dedos, de suas línguas, de suas palmas. A fumaça me deixa mareada, me ajuda a relaxar a tensão, me faz descansar de tudo que me oprime. Sentada no chão, repasso as anotações para a próxima prova.

Alternamos a broca, a serra e a lixadeira. Michel, o irmão de Jenny, nos explicou como montar a goitibehera. Ele é técnico auxiliar em funilaria e pintura em uma oficina mecânica. Ensinou Saioa a soldar enquanto olhava para os peitos dela. Perfuramos o tubo no qual os rolamentos são acoplados e inserimos um eixo de ferro unido à base para que bascule no centro.

Quando nos cansamos, subimos à casa de Jenny. Está no quarto andar e cheira a cachorro. Jenny põe umas músicas de Eros Ramazzotti e nós bebemos suco Sunny Delight acompanhado de batatas fritas. Jenny bebe no gargalo e bate no próprio peito para arrotar. Perceber-me melhor alimentada que ela é uma reve-

---

[2] O texto faz referência a uma expressão coloquial, *bajarse al moro*, que trata do ato de viajar ao Marrocos para conseguir haxixe, transportado de forma ilegal na forma de sacos ovais. (N.T.)

lação para mim. Reflito sobre o quanto isso pode nos influenciar, como impacta nosso futuro. Sua mãe deixa bilhetes na mesa da cozinha: "Jenyfer, fui ao dentista", "Jenny, tenho airóbico", "te deixei o ambugre no congelador". Não sei explicar o amor que exala dessas camadas de faltas, açúcares e gorduras saturadas. A mãe de Jenny é uma mulher que usa tranças de estilo africano, uma mulher que escreve o nome da filha de forma distinta a cada dia.

Minhas amigas tiram suas botas Art, se jogam no sofá, esticando as pernas, e seguem fumando. "Nos intoxicarmos juntas é solidariedade de classe", diz Saioa, apertada em sua meia-calça rasgada, recomposta à base de esmalte de unhas preto. Depois de um momento, desabafa. "Garotas, não surtem, tá? Estou grávida". Jennyfer fica olhando para ela com todas as palavras que lhe faltam: "Tá louca de pedra?". Já eu tenho palavras, sim, mas não servem para nada. "Ei, relax", Saioa tenta nos tranquilizar. Seu aita vai acompanhá-la para abortar. "Mas você está bem?", pergunto. Diz que sim. Transaram sem camisinha, faz um mês e meio, no local. "Que merda você quer que eu faça?!", se altera. Penso em meu pai e um arrepio me percorre. Penso em meu corpo imaculado, em meus ovários esponjosos que imagino cor-de-rosa. "Se quiser, te acompanhamos", ofereço. Ela me beija na bochecha. Cheira a xampu e fumaça de cigarro. Vão fazer o aborto em Bilbao, no dia seguinte ao de San Juan Bosco.

Voltamos à garagem. Amarramos uma corda ao tubo da frente, deixando os cabos restantes em ambos os lados.

Pregamos a estrutura em forma de V com parafusos autoatarraxantes e acrescentamos duas tabuazinhas curtas que servirão de assento. Encaixamos tubos de aço nas laterais, as alças. Não vamos decorar a goitibehera, não nos interesa ganhar o prêmio de originalidade. Está claro para nós: Jennyfer conduzirá, eu vou no meio e Saioa controlará as inércias.

Desde que comecei a sair com elas, ninguém se mete comigo. No colégio, nos sentamos juntas, nem os professores entendem. Jennyfer se aproxima por trás de mim no corredor, me faz dobrar os joelhos dando-me um golpe com os seus, me pega antes de cair, luta comigo, bota seus lábios na minha jugular, me agarra pela gola da camiseta e me empurra contra a parede: "Você é uma molenga". Saioa me pega pelas costas quando me vê próxima das garotas que me convidaram a sair de sua turma. "Quebro a sua cara", ela ameaçou um rapaz que escutou me xingando. Em uma bofetada, Jenny arrancou o balão que ele levava debaixo do braço e o obrigou a fazê-lo dançar sob seus pés durante dez minutos. Mostrei-lhes a biblioteca de meu pai, algo que queria oferecer-lhes. Coleções de literatura e livros de gramática, de filosofia, dicionários e enciclopédias: "Podem pegar o que quiserem". Saioa olhava tudo como se estivesse resolvendo uma equação.

Jenny sugere que, se acrescentássemos uma rodinha giratória no eixo traseiro, como as dos carrinhos de supermercado, poderíamos frear e evitar derrapagens. Uns estudantes de funilaria instalaram um sistema hidráulico na goitibehera, mas nos pareceu sofisticado demais. Jenny insiste que é preciso conseguir algum sistema de freio, ou pelo menos um freio de mão. "Não viaja", opõe-se Saioa, que não quer ouvir um pio sequer sobre freios, "eu me arrumo ali atrás". Mostra-se tão segura que ninguém se atreve a contrariá-la: o jeito que tem de se lançar ao futuro afasta qualquer um do caminho. "Testamos ou o quê?".

A ladeira do bairro é muito íngreme. Eu a subo quase todas as tardes, exceto se Jennyfer tem treino — ela joga na seleção de Euskadi. Eu a ajudo com a lição de casa já faz alguns meses. Falta-lhe base em matemática, em inglês, em euskara: é como soprar uma vela e ser você a se apagar. Ela passa a maior parte das horas de aula no corredor, enviando SMS a Jonás. Se faz de tonta e todos os professores a tomam por tal. Tenta disfarçar a dor que isso lhe causa. Trata-me com rudeza e paixão. Cola sua testa na minha, como nas lutas de carneiros, e me beija forte nos lábios: "Não me *informais* da missa a metade". Repito a explicação, sei que ela pode entender. Promete que me dará um chupão se passar neste trimestre. Calculo quantos degraus preciso descer para que compreenda cada conceito, uma disciplina, duas disciplinas e então os subirmos juntas. "Sou burra", desanima. "Continuamos logo", lhe dou uma trégua, "quer que a gente se deite?". Faço massagem nas suas pernas com um creme mentolado que esquenta. Ela se se deita estendida, de barriga para cima, com as mãos sob a cabeça e o controle da tevê sobre o peito. Tira seu moletom para que eu a massageie. Seus músculos estão sobrecarregados depois dos treinos. Suas pernas estão morenas e têm pelos bem duros, como a grama artificial de um campo de futebol. Subo com minhas mãos até suas coxas. "Não se empolgue", me repreende.

Às vezes ela manda um "vem" e me leva para a cama. Nos estendemos sob os lençóis de flanela com o corpo acordado. Ela dá ordens sobre as coisas porque tem vergonha de pedi-las. Na parede, há uma foto embaçada de Jonás, que ela beija toda noite quando se deita. Me parece uma lembrança de outra vida, algo que não tem nada a ver com nós duas. Jenny levanta sua camiseta e acaricio suas costas por baixo do top, apalpo suas pintas grossas, seu pelo suave, o elástico da calcinha. Ela também me acaricia, a cintura e as costas, no máximo o flanco. Quando chego em casa, ao entardecer, preciso dar puxões na calça para desgrudá-la de mim.

Há um mês, enquanto meu pai cochilava depois do almoço, saí de casa e desci ao rio como quem se dirige a uma guerra, meus cinquenta quilos à mercê do destino. A figura de Ícaro pendurada na ponte com as asas abertas e a boca cheia de resíduos. "O que foi?", Jenny me perguntou assim que abri a porta. "Me apaixonei por você". Ela virou de costas: "E que quer que eu faça, se estou com Jonás?". E logo ordenou: "Vai, faz massagem em mim".

Levamos entre nós três a goitibehera à ladeira. Jennyfer se aproxima do trambolho, dá voltas ao redor dele. Com nada além da força de seus braços, levanta-a pelo eixo traseiro e sacode-a para verificar a solidez da estrutura. Tem tanta confiança em seu corpo quanto Saioa o tem em suas decisões. Torna a depositá-la no chão. Acaricia as alças de aço. Seus olhos brilham. Deve ser gostoso demais sentar-se na primeira linha e largar todo seu peso, sentindo o vento na cara.

Jonás e Chris chegam com os capacetes e os colocamos para vigiar o caminho, um acima e o outro na altura da curva da ferraria. Me emprestaram o capacete de Michel. Moleques se aproximam, admirando a geringonça, e alguns homens nos olham da Casa do Povo. Ao ver que somos garotas, chamam os homens de dentro. Nos posicionamos. Jennyfer abre as pernas, apoia os pés no eixo e enrola os cabos nos pulsos. Sinto meu peito colado às suas costas. Saioa fica de pé na parte de trás. "Vamo, bora!", grita Jenny. Flexiono os joelhos e me agarro com força aos apoios de mão que tenho à direita e à esquerda. Jamais fiz nada parecido. Saioa começa a correr, empurrando a goitibehera, a vibração dos rolamentos se estende por todo meu corpo, sinto cócegas nas bochechas. Sinto Saioa se agachar em um pulo às minhas costas, estamos nas mãos da gravidade. A agilidade me causa vertigem e alegria incontroláveis. Apoio a cabeça no pescoço de Jennyfer, fecho os olhos, escuto a gritaria ao redor, a velocidade me assusta. "Pra esquerda!", Saioa grita, e inclinamos automaticamente todo o peso de nossa existência. Somos um único corpo e vamos declive abaixo. Não desejo estar em nenhum outro lugar.

4

Logo mais não viverei aqui, mas este sempre será meu rio. Bem pouco habitável, esgotado, turvo: o lampejo do sol sobre o tributo da indústria, o velho Ícaro pendurado na ponte. Me matriculei em jornalismo, em Bilbao. Muito em breve o passado se fechará como uma ferida, as ruas da capital transbordarão de vida. No entanto, agora é hora de limpar esta sujeira toda.

Somos umas trinta pessoas caminhando rio acima. Estamos de tênis, shorts e luvas, com um saco na mão. O rio é sofrido, transporta quatro décadas de industrialismo e de abandono, de sacos de lixo que as pessoas lançam de seus apartamentos, de materiais que a chuva leva embora dos montes. Oihana e Lore carregam uma sombrinha: a lona está ensopada e pediram ajuda. "Quanto tempo!", me cumprimentam. Tiramos cadeiras e mesas de terraço, tartarugas das Galápagos. Sob a água, peças de ferro de múltiplas formas, rolamentos de aço, volantes e arruelas descansam. As tábuas travam os resíduos e obstruem o caudal. Dois garotos rebocam uma placa de folha de flandres, a cobertura de algum antro. Lá está Jenny, arrancando os plásticos enganchados nos galhos de um freixo na última cheia do rio. "Trepei com Jonás", me confessou há pouco. Fica na cidade: passou de ano, mas não sabe se vai continuar estudando. Retiramos bancos, mesas, patinetes, telefones, latas de refrigerante. Kaiet leva um carrinho de criança. Saioa assovia. Vai empurrando o carro de coleta e grita para mim: "Uma birita?". O bar da sua mãe está ao lado do rio. Volta com um engradado de cervejas.

A água lambe nossos tornozelos. Vem fluida e tremeluz. Não conheço ninguém de verdade, nem eles me conhecem, mas a calma gerada pelo grupo, que se situa acima dos afetos, é tão leve como a luz da manhã. Os patos se movem à mercê da corrente. Uma garça está na margem. Executar um trabalho, liberar as raízes de despojos humanos, por exemplo, e que isso, e somente isso, justifique o pertencimento a um grupo, então. Esvaziar o rio do passado para que as águas façam seu caminho.

Em uma valeta, encontramos o motor de um carro. Não conseguimos retirá-lo, nem o amarrando com cordas, "é pesado demais". Levantamos para-choques, palhetas de para-brisas, escapamentos, espelhos retrovisores. Vi Colomo: carrega uma tevê nos braços, com as antenas estendidas, a calça molhada até as coxas. Os tomates amadurecem nos terrenos próximos. Nós que trabalhamos na água passamos volumes, paus e tambores de gasolina aos companheiros ocupados em recolhê-los. Içamos os resíduos pesados por meio de polias na ponte. Um moleque abre a mão e mostra para uma garota do gaztetxe as moedas que resgatou do lodo. "Para o carrinho bate-bate", ela lhe diz. A criança se afasta dando saltos.

Um aquecedor, correntes, disquetes, slides. Ama me cumprimenta da janela de trás da loja, me lança uma madalena. Desponta a cabeça da minha tia. Logo vão fechar por causa das festas. Latas de tinta, pilhas, uma bike. Suamos. Passamos sob a sombra de Ícaro. A água que nos toca será mar antes do anoitecer.

Memória expansível
Cristina Judar

Cristina Judar nasceu em São Paulo, em 1971. Além de dedicar-se ao jornalismo, escreveu os romances *Elas marchavam sob o sol*, publicado em 2021 e recém vendido para editoras árabe e moçambicana, e *Oito do sete*, vencedor do Prêmio São Paulo de Literatura 2018 e finalista do Prêmio Jabuti 2018. Também são de sua autoria *Roteiros de uma vida curta*, as graphic novels *Lina* e *Vermelho, vivo* e o projeto artístico *Questões para uma escrita ao vivo*, idealizado durante uma residência artística na Queen Mary University of London. Seus contos foram traduzidos e publicados em suplementos literários e antologias nos Estados Unidos, no Reino Unido e no Egito.

Aquele dia foi assim: como no instante da recriação de um cosmo portátil, viam-se pedaços de objetos não identificáveis aqui e acolá, além de extratos diversos manchando as paredes; texturas múltiplas que, misturadas, deram origem a novas e impensadas tonalidades cremosas para pelos, mechas, fios, rostos, existências completas, corpos inteiros. Rios de lava rosa-choque se estendiam sobre o assoalho. Por cima do enchimento aparente das poltronas — que provavelmente tinham sido rasgadas com tesouras ou estiletes —, descolorantes em pó, em sua típica tonalidade azul turquesa, foram salpicados, compondo uma aquarela indesejável. Em um agravante da situação, vidros de esmalte tinham sido destroçados e atirados sobre toalhas brancas de diferentes tamanhos, então eternamente inutilizadas para usos convencionais.

O ambiente do salão de beleza estava contaminado pelo movimento que ali havia acontecido — quando mãos nervosas, com dedos crispados, cortaram ar à procura de algo indestrutível para deter. No negativo do silêncio predominante, se ouviam mil e oitocentas sinfonias desorquestradas, as trombetas do desatino, corcéis de fogo a relinchar em uníssono, sílabas destituídas de palavra que escaparam de lábios rígidos. Quantos anos de azar ganharia quem se atreveu a esmigalhar os espelhos que refletiam todas as faces daquele meu antro de estética e entretenimento, de vaidade e compartilhamento de mistérios?

Eu só queria saber onde poderiam estar os meus panos de chão, a pá, o balde, a bucha, o rodo, a água sanitária, o sabão; seriam essas as armas adequadas para dar um fim a toda aquela desordem de fragrâncias e volatilidades compradas no varejo em uma loja popular de cosméticos situada no centro da cidade. Mas nada de encontrá-los, pois, apesar daquele ser um mundo mínimo, construído com as minhas próprias mãos, não haviam restado caminhos que, ao menos a mim, fossem decifráveis.

Sentada na única cadeira parcialmente intocada e sem saber por onde começar, só me restou observar o intenso trabalho executado pelas sete pessoas ali presentes: Ricardo, Ohanna, Fátima, Clarice, Rogério, Nelson e dona Norma, que fizeram com que meu santuário particular voltasse a funcionar em pouco menos de uma semana. Águas correram, espumas brancas subiram, odores tomaram presença. Alguns itens foram consertados, outros, para os quais não havia mais jeito, substituídos.

Partes não identificáveis de objetos que outrora estavam intactos foram descartadas, encomendas de produtos foram realizadas, paredes ganharam novas tonalidades, o piso voltou a ser solo fértil. Em meio a tudo isso, era como seu eu recebesse uma desejada segunda pele. E foi mais ou menos assim que eu me senti; a ação coletiva daquelas pessoas com papéis e importâncias diversas na minha vida ajudou a reconstituir um corpo que é casa, templo, zona de diversão e pertencimento, ganha-pão.

Momentos antes de eu descobrir o que tinha acontecido no salão, alguém foi me visitar. Era Fátima, a leal vizinha e também freguesa. Ela voltava da feira, de onde sempre trazia na sacola uma canção inteira de Alceu Valença em forma de presente ou de alguma oferta imperdível: naquela manhã de verão, era como se a profusão de vozes subisse aos céus em um movimento em espiral, tornando pouco identificáveis as palavras, ao mesmo tempo em que sentidos e cores ficavam mais nítidos. As cascas, as cores, os sumos, o olhar, o desejo, as carnes, as peles, o sugar, o expirar, fumo de rolo, furos, fios, queijo e plantas, a seda azul a envolver o veludo do pêssego, a maçã, a dona, a moça, o atalho da estudante que volta pra casa, a cantada, o nojo e a nódoa, os dejetos, os restos, ratos, pombos, caixotes rotos, cachorros mambembes, laranjas descarrilhadas, uvas escorregadias, óleos âmbar, massas efervescentes, um dois três mil quadrados coloridos, as fatias, o ardor, o doce, o azedo, o cru e o amargo, a barganha, o mamão, a mão, o seio, a moeda, o custo, a promessa, o amolecido, a piada, a oferta, o chute, a mordida, o escorregão, bananas — as maduras, suas pintas —, as polpas, os sucos, as seivas, os olhares, a saliva, o grito, o assovio, os pregos, os meninos, o apito, os velhos, DVDs piratas, tomates na sarjeta, caroços, caretas, carretos, os sorrisos, os assovios, calças, camisas, cadarços, chinelos, imigrantes, radinhos, colares, brincos, anéis, fivelas, vestidos, pilhas, shorts, os aposentados, a lona, a banca, o afiador, o violinista, o cego, o papagaio, paralelepípedos, o embate de carrinhos metálicos, sacos plásticos, jornais, rodos, vassouras, tampas de panela, direitistas, queijos, buquês, cadarços, ovos, conservas, couves, feijões, democratas, as batatas, as pimentas, os pacotes, quatro pelo preço de três, meias dúzias, unidades, panos de prato, a xepa, a bacia, a balança, o gingado, o furto, o bagaço, o mel fajuto, as escamas, os temperos, o quilo, as cédulas, o troco, o grito, o riso, moça bonita não paga, mas também não leva.

Na porta do meu estabelecimento, Fátima pôs a mão sobre a boca aberta assim que se deu conta da tragédia ocorrida. Logo depois, sacou o celular da bolsa para fazer algumas ligações emergenciais.

O sábado anterior ao dia do quebra-quebra até que tinha sido tranquilo. O salão não esteve muito cheio, e aproveitei para, depois de dar uma geral, sair pra encontrar o meu Ricardo, que era ogã no ilê do bairro. A festa no terreiro, que acontecia a cada mês, terminava lá pelas dez da noite. Apesar de trabalhar em pé por horas, eu ainda conseguia me conectar às pessoas lá reunidas, assim como acompanhar o balé dos orixás em terra, cada qual numa vibração única, retumbante.

Tum tu tata, tum tutu tatata... tum tu tata, tum tutu tatatata (continua, em repique).

As batidas marcadas pelo toque dos atabaques ditavam o ritmo de corações, braços e passos da comunidade reunida no centro do enorme barracão; o corpo coletivo dançante se locomovia em uma procissão circular e cíclica. No centro de flores e frutas, plantas e chamas do altar principal, a devoção representada por cores e perfumes mistos acalentava todas as cabeças presentes.

Bastava estar vivo pra receber as vibrações que carregavam o ar:

cabeça que é voz, cabaça que é vestido, pétala em movimento, soar que atravessa artérias, onda de mar de revirar areias, vento da ponta do cume, espada sobre o ombro do iaô, chuva curta, vapor largo, erva densa, terra lisa, lágrima salgada, suor em suspensão, rosa esperada, raio de rompimentos, fogo de atar nós, flecha expressa, olho flutuante, dente miúdo, unha viva na carne, símbolos ocultos, ponto cantarolado, ventarola de senhora, milho debulhado, mamilo desperto, corrente de metalúrgico, osso de solo fincado, lança de pau, braço de foz de rio, canto de sereia, cigarra insistente, noite de lua, os lenços coloridos das mulheres, vozes a ditar melodias, o sereno da madrugada, pele em arrepio, tempo de cio, globo terrestre magistral, baquetas rituais, um som que sai de uma boca e entra em outra, lábios em volume e calor, vermelho-fúcsia, estrela em ruídos, membro potente, roda de cigana, babados e baralhos, tridente e garfo, ronda de soldado, gesto valente, cartola, bracelete de lua prata, inscrição de ourives, um bebê no colo, outro que não se sabe existente, a cantiga desconhecida, bengala da Guiné, pimenta da Jamaica, feijão fradinho, salto de lince, cobra coral, um sol menino, linhas de cobre, arco-íris, serpente dourada, búfalo, caramujo, cabra, acarajé, abará, dendê, arco, lança e escudo, alfazema, renda branca, erva macerada, água verde, brocado, folha de palma, chapéu de palha, bambuzal, figa e pedra, lama, areia, espelho, mão em formato de concha, fruta de sumo, coroa de rainha, ramos translúcidos, gota de leite, seiva de pedra, algodão nebuloso, trama ininterrupta, cajado rijo, cantiga, manjericão, badulaques, quiabos, farinha de milho, gamela de barro, arruda, sola de pé, o pó, o oco, reinício.

Enquanto as diferentes fases do rito eram conduzidas pela ialorixá, Ricardo era o homem que eu amava. Ele ajudava a determinar o pulsar daquele território sagrado. Era bonito observar como gesto e som compunham uma só unidade, um organismo de força e fé nascido em uma das raízes da nossa terra. Sua presença me inspirava a cultivar meus próprios passos, a entender e a definir o meu espaço desenhado nas brechas cotidianas desta capital insana que é São Paulo.

Eu cheguei aqui há três anos, vinda de uma cidade interiorana chamada Redenção. Estava determinada a dar voltas no globo e escolhi viver na metrópole que permite rotas infinitas em seu terreno pré-moldado, porém versátil — ou melhor, flutuante. Para me sustentar, continuei com o que já fazia antes de me mudar, que era cuidar da beleza e da saúde das mulheres.

    Dona Norma, de quem eu alugava um quarto desde que cheguei, topou ceder a garagem do sobrado caso ficasse com uma parte dos lucros do meu novo salão. Tudo começou após a faxina e a reforma iniciais que eu mesma realizei, confiante na possibilidade de recomeçar. Pequenas aquisições, como cosméticos, utensílios, instrumentos e aparelhos, foram possíveis conforme os dias passavam e o trabalho começava a dar algum lucro. Novas clientes surgiam, e eu comprava cada objeto daquele espaço como se construísse o meu próprio santuário. Eu e aquelas mulheres éramos as deidades maquiadas da cidade cinza, embora tivéssemos zero consciência sobre essa nossa condição.

    Na mesma época, a vontade de retomar os estudos voltou a me perseguir, já que eu estava bem longe da intolerância sofrida na minha cidade natal, onde todos sabiam quem eu era e de onde eu tinha vindo. Meus planos de chegar ao ensino superior me pareciam, embora ainda um pouco distantes, não mais totalmente impossíveis.

Fui denominada Caio ao nascer, mas desde cedo me reconheci Susana, o que nunca foi algo simples ou fácil de ser resolvido. Para quem vem de uma família conservadora de um fundo de mundo, de chicotes e gado, churrascos grupais, risadas alardeadas, estigmas, heranças e ódios demarcados, tanto pior:

    a carne, a caça, o sangue, o punhal, o território, a cerca, a piada esgarçada, a ira, o riso, o muro, o pulo, os pelos e o suor, o cobiçar, o julgar, o corte, a corte, o murro, o urro, o punho, o atiçar, calça e camisa, fivela cromada, arreio, estribo, chicote, abas largas, cerveja acumulada na garganta, a pança, o ranço, o coçar do saco, a sola da bota, o catarro, a porra, a espora, é viado, é boiola, tem de matar, tem que morrer, na minha casa não, aqui dentro nunca, minha mulher jamais, filho meu nem pensar, foi uma fraquejada, nessa terra dá de tudo, compadre bom, comparsa de confiança, aqui é tudo na palavra, não precisa de caneta e papel, as terras são nossas, se invadir leva bala, gente assim não pisa aqui, homem que é homem, mulher que é mulher, menino é menino, menina é menina, vai ter que ser na marra, não aceito esse tipo de coisa, não é mais filho meu, deus não permite, onde já se viu, manchar o nome da família, sem-vergonhice, safadeza, macho, fêmea, inventou de ser cabeleireiro, um manto de humilhação sobre tantas gerações, os bisavós vieram de navio, comeram o pão que o diabo amassou, sem saber falar uma palavra, mãos calejadas, dedos em feridas, de sol a sol, a roça de segunda a segunda, magreza desgraçada, catorze filhos, três morreram, só havia uma parteira, sem anestesia, deu à luz, deus protege, à luz da lamparina, lágrimas de sangue, quatro galinhas, um burrico, a leitoa foi morta, um galo roco, a vaquinha magra, muita boca pra comer, mingau ralo servido com uma colher de pau, todos enfileirados, aprendizado na base da cinta, não tinha essa de psicologia, tinha que abaixar as calças e ir pegar a cinta, ajoelhar no milho, a mão à palmatória, a coroa de cristo, o peso da responsabilidade, a sina, o avô deu duro para abrir o armazém, os primeiros anos foram difíceis, hoje a patroa reclama, eu faço o que dá, estão todos encaminhados, quase todos, exceto aquele, que perdição, só pode ser castigo, deus é bom mas não é palhaço, tira de quem não merece, pra mim é como se nunca tivesse existido, partiu pra São Paulo, não se toca mais no nome, nome morto, pessoa morta, memória apagada, foi para o quinto dos infernos, sumiu, nunca mais, graças a deus, sou um homem honrado, sou uma mulher de fé, temente a deus, família é tudo o que tenho, na hora de prestar contas minha alma estará limpa, deito a cabeça no travesseiro e durmo a noite inteira, o papo tá bom, quem vai passar o café, ela trouxe um bolinho pra acompanhar.

Armanda, a mãe do Ricardo, era cliente assídua do salão. E, sem querer, provocou o nosso encontro em um dia em que eu estava ocupada por conta de uma coloração. Ele foi levar os óculos que a mãe havia deixado em casa. Sem graça, educado, pediu licença, eu disse pode entrar, ele deu um sorriso, ah filho, só não esqueço a cabeça porque está colada no pescoço, pior que é verdade, brigada anjo, tchau, tchau mãe, prazer, o prazer é meu. Ele virou as costas. Uma faísca ocupava o meu olhar.

Eu e ele nos reencontramos na minha primeira ida ao ilê. Fui levada pela Clarice, uma amiga que frequentava a casa há anos. Eu não fazia ideia de que ele estaria por lá, ainda mais numa função importante, naquele espaço reservado aos tocadores de tambores. Achei lindo vê-lo todo de branco, com os colares de contas coloridas no pescoço, cantando de olhos fechados e usando as mãos pra percutir os toques consagrados. Ele fazia com que os céus chegassem à terra.

O rito acabou, ele acenou de longe, depois veio dar um alô. Oi, tudo bem? Que lindo aqui. Gostou? Adorei, nossa, que energia. É mesmo, forte, né? Tô impressionada. Volte mais vezes. Será muito bem-vinda.

E eu voltava sempre que podia. Pelo lugar, que me fazia bem e me aceitava como eu sou. Por ele, que me fazia bem e me aceitava como eu sou. Nossos papos começaram a ficar mais demorados e interessantes, até que nos adicionamos nas redes sociais. Conversávamos sempre. Num dia de folga, marcamos um café. Nos beijamos. Ficamos juntos pela primeira vez. Desde então, decidimos continuar. Ele só temia como a mãe reagiria quando soubesse de nosso envolvimento e, honestamente, eu também.

Assim levamos o nosso relacionamento. Apenas Clarice sabia da nossa história, um tesouro escondido que, de diversas formas, nos fazia bem. Eu tinha tido tantos outros segredos que só me causaram mal, então, ao menos naquele momento, não me importava em ter um que me fizesse bem.

Quando cheguei, tive a chance de conhecer a noite de São Paulo — pelo que me disseram, uma das mais fervidas e loucas do mundo — ao lado de Ohanna, que se declarava detentora das mesmas características da cidade:

    sob o neon todas ficam belas, mas que fila é essa?, não começa, vai logo, calma que esse salto não me deixa, ai, caguei pra ele, disfarça, fiz a egípcia, hoje é free até meia noite, corre, começou a chover fino, preciso de um retoque urgente, cadê o padê, esqueci de comprar cigarro, tem gente!, cheiro de mijo, tabaco, cinza, brasa, bituca, me passa o beck, a ponta apagando sem parar, a alça cai toda hora, bojo, a renda que pinica, corte chanel, perfume chanel, do Paraguai, bolsa da 25, onça ou pantera? nenhum dos dois, a estampa é de tigre, roupa de vinil me dá arrepios na pele, adoro corselet, batom preto é bapho, boca de ouro, ventre de esmeralda, postura de esfinge, o esmalte maravilha lascado, de verniz com estrelinhas prateadas, veludo molhado é tudo, passou por mim e esbarrou, olha o esfrega, tem gente!, que saco, hálito quente, que malão, aquele bosta fez que não me viu, é prótese, miga, como que eu faço pra estufar o lábio superior?, não sou nem louca de botocar lábios no meu salão, não posso perder essa música, a pista tá morna, é o horário, me segue, olha, globo giratório, parede de espelhinhos, sofá de veludo vermelho curtido em cachaça amanhecida, luminária de flamingo, balcão de mogno com motivos marmóreos, abalos sísmicos, levei um banho de cerveja, foi mal, tá tudo bem, vê se melhora essa cara de cu, caralho, se diverte, jajá seca, só flashback, só tem veio, pior que Redenção, vai melhorar, é que tá cedo, o fumódromo, vem, caipiroska de frutas vermelhas, caipisakê de maracujá, o palitinho pra misturar, pega um guardanapo pra mim, marca na comanda as duas por favor, começo de noite é sempre uó, amo pista, vamo pra pista, cause I'm freeee to do what you want to do, isso tá muito anos 90, só falta Corona, aquela bixa que canta this is the rhythm of the night, aff, socorro, miga, melhor ir de dog prensado lá fora, o cheiro quente invade a fibra do tecido sintético, o dog fica do lado do tio do isopor, sei, você vai é se acabar na corote, haha, a corote azul faz a sua alma levitar, toda celestial, angélica, começou o batidão, guarda esse celular na calcinha, no sutiã, em algum lugar bem escondidinho, olha onde a gente tá mulher, é um mar de uber, fila de cecilers, um karaokê verde, azul e amarelo, oi gata, boneca, linda, a garota já tem dono?, você tem fogo?, mas é claro que eu tenho.

Conversei com o Nelson em uma das escolas do bairro, quando assisti uma de suas palestras sobre a literatura como ferramenta para libertar e transformar pessoas e realidades. Eu queria ser professora de artes e, como os livros tinham um significado importante na minha história, troquei algumas ideias com ele depois do evento:

traço que evoca chama e som, a ordenação do universo, pinceladas agudas em tons mornos, piches, grafites, como incentivar mentes críticas, escarlates líquidos, consciências multiplicadas a enésimas potências, a expulsão de condições inadequadas, crianças destituídas de grades, de brinquedos e de roupas aniquiladoras de suas essências, histórias recontadas até ganharem novas dimensões, estórias de som, paz e fúria, cidadania ativa, habitantes representados por telas magistrais, criação desimpedida, realidades revolucionadas, resgates identitários, existências que agregam sentidos à vida, norte e sul invertidos à revelia, criadores independentes de direções territoriais, girassóis rompantes, o clássico desenho da casinha-com-árvore-chaminé-portão-nuvem-sol como terreno de rompimentos, dias de céus e mares verdejantes, marés repletas, palmas das mãos estampadas em solo gentil, árvores ruminantes de narrativas futuras, alunas da terra, irmãos da lua, menines de fogo e luz, asteroides feitos de velocidade e de intenções, os méritos das figuras intempestivas, raios decalcados em pedra, gotas de chuva em trajetórias milimétricas, massinhas de modelar maravilhosamente disformes, páginas incompletas de palavras que ainda estão pra surgir, uma língua dinâmica à imagem e semelhança dos corpos, fábulas em gestação, dominós da contagem anunciada, aquarelas multicromáticas, cintilâncias afetivas, flechas do entendimento mútuo, círculos de trocas, bandeirinhas penduradas, crianças e adultos como células íntegras, brochuras, ranhuras, rasgos, origamis, colagens, cartazes, cartas, diários, papel crepom, florescimento pleno, potências em disseminação, vários entendimentos, ondas retrógradas em dissolução, hinos em absolvição, livros soltos, folhas secas como referência de formas desejadas, bolhas saltadoras, quadrinhos pluritemáticos, tirinhas em sagas inusitadas, todos os relatos, mapas e gestos de um futuro possível e muito mais livre.

Me visite novamente quando puder, vamos falar sobre o vestibular e alguns caminhos de estudo que serão interessantes pra você, sugeriu o professor.

— Suzaninha, meu amor, assim que a Rosa acabar de fazer o meu pé, você lava o meu cabelo com aquele meu xampu preferido?
— Claro, dona Armanda.

O extrato com cheiro doce de fruta e flor adentrava a selva capilar umidificada de dona Armanda, enquanto os meus dedos ocupavam-se em deslizar, intensos, por aquele ambiente escorregadio e morno, a espalhar uniformemente o produto por fios, trilhas, florestas, emaranhados de ideias que ela emitia em voz alta, de olhos fechados para a espuma não entrar e fazer arder:

ele é bom sim, é maravilhoso, orgulho da minha vida, estudioso, dedicado, ainda não nos apresentou uma namorada, é uma questão de tempo, ele é tímido, puxou ao pai e ao avô, mas coisa que eu não gosto mesmo é de ver meu filho envolvido com macumbas e essas coisas de terreiro, eu já disse pra ele parar de vez com isso, nunca tivemos uma vergonha como essa na família, é pai aqui, mãe acolá, mãe e pai são só um, como é que pode ter outros?, esse povo de terreiro quer destruir o pilar de sustentação da sociedade, até isso quer desvirtuar, e ainda tem os irmãos de barco, coisa que ouvi ele dizer outro dia, eu nem sei o que é, que raio de barco é esse, deve ser aqueles de isopor que levam pra fazer trabalho no rio ou no mar, na cachoeira, no córrego, só pode ser, como se pessoas sem laço de sangue pudessem de uma hora pra outra passar a ser da família, um belo dia eu acordo e decido esse é meu irmão, aquela é minha mãe, o outro ali é meu pai, isso é um absurdo, um abuso, ainda pedem bênção pra essas mães e pais, se isso acontecesse na minha época ia ser um escândalo, cabeças iam rolar e o couro comer, não ia sobrar pedra sobre pedra, e por falar em couro, descobri esse negócio dele de tocar atabaque por acaso, um dia o Ricardinho tava fora e o Rogério, amigo dele de infância, bateu lá em casa com um tambor comprido na mão, oi Dona Armanda, o Ricardo não tá?, diz que precisei trazer o instrumento dele porque o espaço onde a gente ensaia vai ser desocupado por uns dias pra uma reforma, depois eu venho buscar ou então ele leva na próxima semana, quando tiver a saída de santo, a gente ainda vai se preparar pra esse dia, obrigado Dona Armanda, diz que eu mandei um zap, mas como ele ainda não viu e já tava dando o horário achei melhor trazer aqui direto, minha mãe e meu pai estão bem, graças a deus, digo sim, pode deixar, nos vemos então, um beijo pra senhora, até mais!, ainda tive que carregar aquele tambor enorme amarrado com cordas e fedendo a fumaça de ervas, eu faria tudo pelo meu filho, qualquer coisa pra ver ele longe de tudo isso, daquela sujeirada de macumbeiros, aquela misturança de gente, preto com branco, branco com preto, lá tem homem que quer virar mulher, mulher que quer virar homem, tem sapatão, bixa, maconheiro, puta, bandido, marginal, travesti, aceitam de tudo lá dentro, não existe regra nem lei, se deu vontade, fazem, a carne é que manda, eu me arrepio toda só de pensar que um homem desses, um viado de saia de renda e colar colorido abuse do meu menino, lá desce de tudo, aparece de tudo, demônio feminino e demônio masculino, só na gargalhada, no palavrão, no deboche, com tridente debaixo do braço e tomando pinga, comendo farofa, podem usar a fé dele como desculpa pra tentar algo pior, se aproximar, cheirar a nuca dele, pegar no corpo todo dele, se esfregar. E se ele roçar a barba no batom do homem que se faz de mulher?, eu sou mulher, eu nasci mulher, homem é pau, mulher é buceta, calça, vestido, meu deus tire essas imagens do diabo da minha cabeça, é só o que peço, que mal eu fiz, que mal, a água tá ótima, Susaninha, pode espalhar por toda a minha cabeça, a temperatura também, pode esfregar, pode afundar ainda mais os dedos e o toque, que as águas me libertem, que as águas me devolvam, águas brancas com sabor branco, a espuma crescente do xampu, esse cheiro de fruta e flor me traz alívio e proteção, que as águas me salvem e me façam ressurgir ainda mais pura, lave a minha cabeça inteira, eu vou pedir pra ser livrada disso tudo, do tambor, do couro, do corpo do animal que cedeu um pedaço da sua pele pra que meu filho a tocasse com força, do gosto da porra do Ricardinho na boca do homem de saia, aposto que ele engoliria, aposto que aquele homem se sentiria mais mulher do que eu, ele mais mulher, ele mais do que eu, obrigada, pode fechar a torneira e enrolar a minha cabeça com a toalha branca. É por isso que sempre volto aqui, o serviço é impecável, você é a melhor cabeleireira que já conheci.

Naquele instante, era como se, nas cercanias da minha alma, coubessem todas as dores que eu não tenho como abarcar:

o lamento dos animais, o trajeto curvo do indigente, a sombra que vaga pelo bairro com um balde metálico na cabeça, a sombra que não sabe se é pessoa ou aparição, o balde como um coração arrancado do peito, o gato aprisionado no bueiro, o inseticida da dedetização predial corroendo seus olhos e garganta, o corte abrupto da asa nova e ainda virgem de voos, as repetições infindáveis até que o papagaio repita a piada, as curtidas para a piada da ave no perfil do instagram, a ave subcelebridade, o boi rumo ao abate, uma paulada, duas, o caos, o rato cego que dá voltas até não mais aguentar, náusea antes de seu coração parar, a tarântula prestes a sucumbir, o urubu às voltas por alguns cortes à vista, o escorpião entre chamas, o velho solitário, a memória de uma noite de comida quente, conversas familiares embaralhadas, o bebê que aguarda carinho, a inexistência de carinho, o cão preso pela corrente, um muro cinza como única visão, o frio, o medo, a fome, a noite, o morcego injustamente golpeado, o doente na vontade vã de um dia viajar, o incompreendido que só queria amigos, uma mesa repleta de pessoas, o olhar que reflete a chama, um féretro velado por sala vazia, o filhote sem alma quente por perto, o sal enfiado nos olhos do porco, a maçã goela abaixo, o punhal certeiro, a lâmina afiada, os músculos em inflamação, a barriga do bicho como petisco da elite, a carne dolorida servida em fatias finas, o tiroteio de acertar ventre de mãe e filho, a batida indesejada, o roxo de pele, a artéria estourada, as unhas em decomposição, o pus em profusão, os odores fétidos, o bolor nas construções, o rombo, o ronco, o estilete enferrujado, a umidade que afeta os pulmões, a auréola extirpada, as duas cicatrizes, os dois buracos, os miolos aos céus, os véus esgarçados, o pio agudo, o mugido, o arroto, a cabeça em um latejar infinito, a expulsão de demônio, a abominação de corpo estranho, o meu couro-dejeto, o meu cerne indesejado, a minha existência inapropriada, o organismo sem zona apropriada, o meu calabouço um pecado, os dedos enterrados nas algas fundas, na selva amarga, na terra do sepulcro, as raízes amolecidas, as entranhas malcheirosas, a voz sem coro que lhe caiba, a abominação religiosa, a maldição familiar, a ânsia de fugir da dor, a dor, nunca um fim possível.

Feito um turbante, dona Armanda ostentava, altiva, a toalha branca enrolada em sua cabeça. Enquanto eu me ocupava em pegar a escova e o secador a fim de finalizar o serviço que me cabia o mais rápido possível, Clarice me mandou uma mensagem:

amiga, o Ricardinho mandou avisar que te aguarda no terreiro, hoje vai ter a saída das yabás, vamos levar frutas, mel e flores brancas pra agradecer, se apronta toda gata, vê se não demora, me escreve ou liga assim que sair daí?

Eu tinha perdido grande parte do meu pique, sentia meus gestos arrastados e uma espécie de cegueira parcial para a realidade, o que me colocou em um modo de ação automático e me trouxe ainda mais desconforto. Mas eu iria, é claro que sim, mais do que nunca eu precisava estar entre os meus.

Ricardo estava atrasadíssimo para a festa das yabás. Pegou tudo o que precisava e partiu feito um louco para o terreiro, onde provavelmente já o esperavam. Apesar da correria, o rito começou no horário e aconteceu como de costume. Assim que acabou, ele abraçou os mais chegados, pediu a benção para a ialorixá, ajudou a colocar ordem nas coisas, despediu-se dos colegas ogãs e caminhou na direção de Susana e Clarice. O reflexo de colocar a mão no bolso da calça e, na sequência, de abrir o zíper da mochila foi imediato.

O celular, que não estava no bolso da calça, muito menos na mochila, tinha sido esquecido sobre a cômoda do quarto e vibrava a cada mensagem que chegava. O movimento incomum chamou a atenção de dona Armanda: ela passava pelo corredor quando se deu conta da presença inusitada do aparelho do filho, assim como de todos os capítulos, abrigados em 64 gigabytes de memória expansível, da história de amor de Ricardo e Susana.

Seca e verde
Nesrine Khoury

Nesrine Khoury nasceu na cidade de Homs, na Síria, em 1983. É considerada uma das escritoras mais interessantes de sua geração. Autora de diversos romances e livros de poesia e de contos, recebeu importantes premiações, como a bolsa de estudos fornecida pela Instituição Al-Mawarid, o que lhe permitiu publicar sua primeira coletânea de poemas, *With a drag of war*. Seu mais recente título de poesia, *I kick the house and go out*, recebeu o Prêmio do Fundo Árabe para Artes e Cultura na categoria de escrita criativa e crítica.

Tradução do árabe:
Safa Jubran

Na história, a pomba carregou no bico um ramo de oliveira e voou até a arca de Noé. O que ela carregou determinaria a minha vida, o legado da minha família e a minha próxima viagem.

Contudo, devo confessar que sempre gostei mais do corvo e sempre achei que ele era injustiçado pelas histórias. Gosto até mesmo de seu grasnido. Havia um deles que visitava a janela do meu quarto no vilarejo e que eu considerava um amigo. No dia em que Juan me beijou pela primeira vez, escutei seu grasnido ao longe; era o som do amor. No dia em que deixei o vilarejo pela última vez, não o avistei. Talvez gostasse, como eu, de inverter a história.

Este é mais um novembro no qual não verei Juan. É um novo novembro, e as suas mãos com veias saltadas envolvem a cintura de uma outra mulher pela tardezinha.

Eu pensava nisso quando a funcionária do trem passou distribuindo fones de ouvido. Tive vontade de escutar algumas daquelas canções que nos acompanhavam quando saíamos para a colheita de azeitonas no campo da minha família, no vilarejo. Peguei um fone da mão da gentil senhora, que vestia um terno cinza exageradamente bem passado, mais do que o necessário, e que estampava um sorriso que deveria ser mais discreto, em respeito à tristeza provocada pelas recordações evocadas nos que ali estavam. Ou talvez a tristeza sem explicação seja um traço oriental, apenas? Quem sabe.

Com uma única olhadela, consegui dar uma volta pelo mundo dos negócios, da tecnologia e das mídias sociais em que os passageiros do meu vagão estavam imersos. Eu parecia ser a única que apoiava a cabeça no banco, deixando para as colinas que passavam pela janela a tarefa de empurrar lembranças para dentro da minha cabeça apoiada.

Ir ao vilarejo para visitar a casa do meu avô era algo que sempre aguardávamos ao longo do ano. Olhávamos o calendário à procura dos feriados oficiais e dos dias santos, nos quais o motor do carro do meu pai rugia, anunciando o início da nossa viagem.

No mês de outubro, porém, não precisávamos do calendário pendurado na parede da casa, nem dos feriados, pois a ida ao vilarejo era programada anualmente por meu avô pela temporada das azeitonas.

Eu não tinha consciência de que um dos meus antigos antepassados era um daqueles senhores feudais odiados pelos livros didáticos e insultados por nós em demasia nas respostas, com a finalidade de conseguir nota máxima nas provas das escolas de um país que tentava, por linhas tortas, parecer socialista aos olhos de seus jovens estudantes.

Meu avô não era mau nem era o proprietário do vilarejo, mas possuía vastos campos de oliveiras e de outras árvores frutíferas. Não sei de onde veio a ideia, mas, quando criança, eu imaginava que meu avô era uma daquelas oliveiras, que, em vez de sair do solo, por um erro qualquer, brotou no berço dele. Como nunca se esqueceu de sua origem, ele seguiu brincando com suas irmãs, cuidando delas durante toda a vida. Especialmente quando ele ficou bem velho, e seu rosto enrugado se parecia com o tronco das oliveiras, eu pensei: *É a sábia genética*.

Nunca vi meu avô chorar, mas, se isso tivesse acontecido, eu garanto que suas lágrimas teriam sido o melhor azeite virgem do mundo.

Embora os campos fossem propriedade do meu avô, seus frutos pertenciam a todos os que neles trabalhavam, e isso, sim, era uma ideia socialista autêntica, meu caro livro de sociologia.

Todos os anos, dezenas de famílias e indivíduos que assim o desejassem vinham participar conosco da colheita das azeitonas. Tudo o que se precisava fazer era comunicar a tal vontade à minha avó no início do verão, ou bastava chegar logo no começo da temporada e ela ficaria feliz em acrescentar nomes no "caderno anual das olivas", onde registrava os participantes para que eles se tornassem oficialmente parceiros na colheita e tivessem sua parte garantida quando começasse a distribuição das azeitonas ou do azeite.

Eu gostava de participar de todos os ritos da temporada: comecei ajudando a minha avó na organização do caderno, depois catei as azeitonas do chão, junto com as outras crianças e, mais tarde, passei à etapa que fosse adequada à idade e à altura que eu tivesse alcançado em cada temporada.

A temporada no campo do meu avô não se restringia a ser uma função remunerada ou recompensada, mas parecia desencadear uma espécie de carnaval no vilarejo: todos colhíamos, junto às azeitonas, alegria e contentamento, exatamente como o livro de leitura retratava o camponês feliz depois de um longo dia de trabalho. Não era apenas um mito socialista; às vezes o camponês realmente sorri, relevando a dor nas costas, as dificuldades da vida e as dívidas acumuladas.

Meu avô me apelidou de "pequena camponesa"; às vezes me chamava também de "princesa das olivas", de "rainha do chá" ou ainda de "rádio da vizinhança", dependendo da função que eu estivesse ocupando no momento. Eu gostava de todos esses atributos, embora reclamasse, às vezes, porque me mandavam ajudar as mulheres na cozinha, preparando a comida e os bules de chá para os trabalhadores, quando eu queria estar onde estavam as canções e os jovens musculosos.

Com as sucessivas temporadas, ganhei amigos, que eu chamava de "amigos das olivas". Nós nos encontrávamos a cada estação, crescemos juntos. Assim como nós, as pequenas oliveiras cresceram e foram expandindo a área do campo e do festival, aumentando também o número de frequentadores. Trocávamos contatos por vários meios, de acordo com que era permitido para nossa idade e conforme o avanço dos meios de comunicação, desde números de telefones residenciais e endereços postais, passando por números de celulares e endereços de e-mails, até, nas últimas temporadas, perfis nas redes sociais. No entanto, era raro que um de nós tentasse se comunicar com os outros depois da temporada e da volta anual da vida de cada um, como se tivéssemos um acordo tácito para deixar nossa amizade restrita ao campo do meu avô. Mesmo assim, ainda faço questão de ter até hoje o contato de cada um deles. É uma estranha sensação de segurança a provocada pela ideia de que eles estarão ali caso eu precise deles, como se essa amizade fosse o tronco de uma oliveira no qual um dia vou me apoiar, quando perder todos os caminhos e for deixada sozinha para me afogar.

A turma não tinha líder, mesmo eu sendo uma candidata qualificada para assumir esse posto, na qualidade de filha da família real, responsável, durante alguns anos, pelo livro das olivas, e conhecedora do caminho até a cozinha, às garrafas de água fria, e dos esconderijos secretos para passatempos. Mesmo dotada de uma personalidade adequada a esse tipo de posição, eu tentei ao máximo não ocupar tal lugar, que faria de mim uma pessoa bem quista na realidade e odiada nos livros escolares.

Para ser franca, durante todos os anos que vivi no país, deslocando-me entre a cidade e o campo e, mais tarde, entre a capital e o interior, nunca encontrei um exemplo tão atual, cândido e verdadeiro — sem a pretensão de sê-lo — do trabalho em prol da comunidade, da cooperação, da terra e de quem nela trabalha quanto a temporada das olivas no campo do meu avô.

Estava passando um filme na tela do trem, e nem eu, nem ninguém do meu vagão parecia estar interessado em vê-lo. Pensei que provavelmente era um filme americano dublado em espanhol, muito embora seja um pouco difícil atualmente fazer tais ponderações, pois o mundo, nestes tempos tão sombrios, passou a se vestir, a comer, a beber e a produzir filmes ao estilo americano. Ri da ideia de que eu estava falando comigo mesma, emitindo opiniões sábias, como se pegasse emprestada a língua do meu avô e sua maneira de explicar o mundo. Eu podia escutá-lo por horas e horas sem me cansar, ignorando todas as tentações de brincar com as crianças lá fora ou assistir a um desenho animado na tevê. Tenho quase certeza de que todo conhecimento que adquiri ou de que todas as estratégias que elaborei para lidar com o que a vida me apresentasse se devem àquele homem, não aos livros didáticos. Essa influência era tal a ponto de eu imitar seu gosto para a leitura — comecei, de fato, a moldar a minha biblioteca de acordo com as preferências do meu avô, o que significava que o destaque era para a poesia árabe antiga, seguida pelos livros de conhecimentos gerais e de política e, não menos importantes para ele, pelas revistas científicas e agrícolas. Além de acompanhar os estudos que fossem mais recentes, meu avô foi uma das primeiras e poucas pessoas de sua faixa etária que adquiriram computadores e entraram no mundo da internet para acompanhar as novidades em suas áreas de interesse. Ele competia com o tempo sem sair de seu vilarejo. Eu não herdei, entretanto, seu talento e sua brilhante memória para recordar e declamar versos toda vez que há espaço para eles no decorrer de uma conversa, tampouco tenho seu olhar para diagnosticar o tipo de praga que acomete uma árvore e agir com o tratamento adequado; sobretudo me falta a sua característica mais importante, que também não foi herdada por nenhum membro da família: o charme cativante quando falava.

As oliveiras tinham um humor próprio, e para isso nem a experiência do meu avô, nem suas habilidades foram capazes de encontrar uma explicação científica perfeitamente convincente para a escassez de algumas temporadas. Quando eu era jovem e lhe perguntava por que a temporada tinha sido tão fraca em um ou outro ano, ele dizia: "Até mesmo as árvores ficam cansadas e entediadas, exatamente como nós. Este ano elas não estão de bom humor para darem bons frutos, e nós humanos não devemos incomodá-las, culpá-las ou sermos duros com elas. Se elas quiserem tirar férias, que seja, é seu direito, mas, acredite em mim, no próximo ano elas nos compensarão em dobro". É claro que eu acreditava, pois tudo o que meu avô dizia era, para mim, inquestionável, além do fato de eu considerá-lo, como já disse, uma daquelas oliveiras, o que o fazia entender o que se passava no íntimo das plantas e lidar com as mudanças. Talvez porque ele se comunicasse com elas em uma língua secreta, quem sabe? De fato, elas nos compensavam exponencialmente no ano seguinte.

Em tais temporadas escassas, uma atmosfera um tanto triste envolvia as pessoas, porque isso podia significar uma interrupção dos meios de subsistência para alguns trabalhadores pagos em dinheiro ou a falta de suprimentos de azeite nas cozinhas das famílias participantes, o que, às vezes, forçava as pessoas a comprarem azeite de lugares distantes, e isso era bastante custoso para muitos. Mesmo assim, o festival das olivas não era interrompido, não importava o quão ruim eram as condições. Os rituais eram sempre mantidos, e meu avô gerenciava as coisas junto com os homens da família, de forma tal que a renda de nenhum trabalhador diminuísse uma libra sequer. Minha avó, por sua vez, não recusava nenhum candidato ao trabalho, fosse dos que vinham todos os anos, fosse dos novatos. Penso, por isso, que o caderno das olivas pode ser considerado um documento histórico importante e confiável para o registro e o estudo sobre as famílias da região, sua natureza e suas condições de vida, bem como para examinar o impacto das mudanças climáticas, tecnológicas e políticas, tanto locais como globais, sobre a presença, o deslocamento e a interdependência dessas famílias.

Juan entrou no caderno uma vez, e me beijou antes de sair dele e ir embora, deixando no meu coração um amor que não combinava com aquele momento do mundo: parecia com o dos anos 1980 ou 1990, de que eu escutava falar. Eu costumava zombar das músicas e dos filmes dessa época, assim como de seu aborrecível romantismo. Era um amor do tipo permanente, custoso, torturante, que deixava as borboletas do estômago famintas, debatendo-se sem parar. Um amor que não dormia, ignorando a hora local, entregando-se ao seu próprio relógio biológico, sem distinguir dia e noite.

Os amigos das olivas não gostavam de Juan, e ele não fazia questão de ser um deles. Sua individualidade era avassaladora, inadequada ao espírito de comunidade que se formava durante o festival, quando deixávamos nossas particularidades em casa, fechando bem a porta ao sairmos. Essa era a essência da coisa — mas não sei dizer se essa ideia, análise e conclusão são minhas ou reproduzo do meu avô.

É que Juan precisava de dinheiro para cobrir os custos de sua viagem, e a temporada das olivas estava ali, de braços abertos para todos, por isso ele se apresentou. Resumindo, foi uma coincidência puramente temporal que derrubou meu coração. Talvez o amor seja sempre assim, um jogo temporal do qual eu saio perdendo.

Juan não entendeu que eu e a turma das olivas não éramos cópias idênticas, como ele descreveu certa vez. Não havia nenhuma autoridade, fosse religiosa, política ou social, que nos forçasse a ignorar nossa individualidade e irmos trabalhar, nos dissolvendo na comunidade. Somente o amor era nosso norte, e para recebê-lo é preciso dá-lo. Esse mesmo amor era esmagado e ocultado pela vida cotidiana quando voltávamos para casa e encontrávamos nossa personalidade pronta para lutar contra o mundo moderno.

A voz da comissária anunciou que o trem estava se aproximando da minha estação. Tinha que deixar meus pensamentos, abandonar Juan e meu avô no campo de oliveiras, recolher meus poucos pertences e me preparar para descer. Estava quente lá fora, e tive vontade de tomar uma cerveja gelada, então me sentei em uma mesa do terraço do café mais próximo que encontrei e pedi à garçonete uma *jarra de cerveja*.

É assim que se pede na Espanha um copo de cerveja bem grande: jarra de cerveja. "Jarra", quase igual ao árabe, me lembrou do jarro de cerâmica que ficava no canto da cozinha da minha avó, dentro do qual ficava a água mais fresca que já provei.

A garçonete me trouxe um prato de azeitonas para ser a tapa de acompanhamento. "Tapa" é o aperitivo, frio ou quente, famoso por ser servido nos cafés e restaurantes da Espanha, em geral — e na região da Andaluzia em particular, onde, em algumas cidades, acompanha gratuitamente qualquer bebida.

Em todo o mundo, as azeitonas acompanham as bebidas, mas, na nossa terra, elas não são apenas petiscos ou decoração: estão sempre presentes como um prato básico nas mesas de café da manhã ou de jantar. Em nossas cozinhas, não faltam vidros de azeitonas verdes e pretas, ao lado do 'attun[1], fazendo parte da provisão anual. Comentei com uma amiga europeia que, no café da manhã, adiciono azeitonas ao sanduíche de coalhada, depois salpico hortelã seca com umas gotinhas de azeite. Como isso acompanhado por um cálice de

---

1   'attun é o nome dado a uma forma caseira de preparação da azeitona. Nela, as azeitonas pretas são deixadas no pé até um período posterior ao amadurecimento e, quando caem, são reunidas, lavadas e pressionadas até ficarem murchas e enrugadas. Depois disso, elas são conservadas em vidros com azeite e fatias de limão. (N.T.)

chá. Praticamente todas as palavras dessa descrição lhe causaram espanto: coalhada? No sanduíche? Azeitona? Azeite? Chá? Fala sério!

Eu não sabia como traduzir para ela a expressão "colher coalhada", dada ao processo caseiro de produção de coalhada seca. Os sacos de morim, que eram deixados pingando sobre a pia até que saísse todo o soro do leite que coalhava no seu bojo, decoravam a cozinha da minha avó e da maioria das cozinhas do vilarejo. Na Espanha, tento fazer coalhada seca usando o iogurte grego natural de caixinha que encontro no supermercado; dreno todo seu soro e cubro com pedaços de gaze esterilizada. Às vezes acerto, e o gosto até que fica bom, mas não ouso chamar tal processo de "colher coalhada".

A temporada das olivas não terminava quando se encerrava a colheita e as azeitonas adequadas eram enviadas à prensa, pois, depois de tudo isso, as mulheres se reuniam, lavavam as azeitonas escolhidas para consumo, batiam uma a uma com pedra ou as abriam com uma faca e deixavam-nas em conserva, apertadas umas contra as outras em vidros com água, sal, azeite e fatias de limão. Assim elas eram distribuídas de forma justa a todos os participantes do trabalho.

Numa visita a uma prensa de azeite na Andaluzia, em um vilarejo da cidade de Baeza, que pertence à província de Jaén, famosa pelo cultivo de oliveiras e pela produção de azeite, lembro-me de ter perguntado ao guia, que era um dos filhos do dono da prensa, sobre o critério utilizado para a escolha das azeitonas que guardavam para o consumo. Inicialmente, ele ficou surpreso com a pergunta, parecia não a ter entendido, mas depois me informou que a maior parte das azeitonas colhidas eram enviadas para serem prensadas e que uma pequena quantidade, um vidrinho, talvez, era deixado para o consumo da família, caso quisesse.

Na parede de uma das salas da prensa andaluza, vi um mapa-múndi com pinos coloridos indicando os locais de onde vinham as pessoas que visitavam a fábrica. O guia sentia orgulho de o trabalho implementado pelo pai no vilarejo reverberar em lugares distantes do mundo. Lembrei-me, então, do meu avô e do globo terrestre que girava em seu escritório. Ele, que conhecia o mundo através dos livros, me contou várias vezes sobre a viagem da oliveira ao redor do planeta e me explicou por que ela florescia em algumas regiões mais do que em outras. Ele costumava dizer: "Quando você dá à oliveira, ela te dá de volta". Eu perguntava: "Como no amor?", e então ele ria e dizia que a influência da minha avó sobre mim já estava começando a ser perceptível. Eu não era capaz de me dar conta disso na época.

Apesar da condição confortável, da excelente saúde e do ânimo, meu avô, ele nunca pensou em viajar para fora do país, nem mesmo para visitar seus filhos ou irmãos. Quando perguntei o motivo, ele me pediu para acompanhá-lo e caminhamos em direção à árvore-mãe, a oliveira mais antiga do campo e da região, cuja idade era estimada em mil anos. Ela ocupava a posição central em todas as fotos tiradas durante as reuniões familiares, com todos em torno dela. Naquela ocasião, ele compartilhou comigo um velho e bem guardado segredo de família:

havia nela uma tradição antiga de que, quando um de seus membros deixava o país, levava com ele uma muda daquela oliveira para plantar em seu novo país. Ele me contou também que um de seus tios desaparecera depois de partir, e a última notícia que tiveram dele foi que ele estava na região ibérica, mais provavelmente na Espanha. A partir disso, concluiu: "Esta árvore nunca deixou o solo do vilarejo, mas conseguiu viajar, na forma de muda, de garrafa de azeite ou de sabonete de louro. Enquanto isso, alguns de nós devem ficar, para o bem da comunidade".

Como posávamos em torno do meu avô e da oliveira nas fotos, fiquei confusa: quem, entre os dois, tinha mil anos e raízes fincadas bem fundo no solo?

Quanto à minha avó e às outras mulheres do vilarejo, elas já se ocupavam com as reuniões e os preparativos muito antes da chegada da temporada. Elas se reuniam periodicamente para preparar os lençóis que seriam colocados sob as árvores para receber as azeitonas durante o processo de colheita e também para costurar os sacos de estopa em que as azeitonas seriam reunidas e depois levadas às prensas. Minha avó tinha padrões elevados e rigorosos em relação à limpeza dos lençóis, à costura, à escolha do tecido e das linhas usadas e à ventilação adequada dos sacos, o que assegurava a qualidade das azeitonas. Ela contabilizava tudo, desde o número das oliveiras e a quantidade estimada das azeitonas que cada árvore podia carregar naquele ano — e mesmo o tamanho dessas azeitonas — até quantas podiam ser acomodadas em cada saco, cujo número também era estimado por ela.

Minha avó gostava de abundância, e sua maior preocupação era que as pessoas se sentissem confortáveis e à vontade. Ter tudo passando por seu crivo significava que tudo estava sob controle e que não havia espaço para surpresas desagradáveis.

Eu gostava de olhar para o campo da varanda da casa e ver tudo pronto para a recepção dos "habitantes" do caderno das olivas. Do alto, o cenário parecia um lindo quadro; ninguém pensaria que a escolha das cores e da decoração dos lençóis era ao acaso. De longe, tudo parecia perfeitamente preparado para fazer o campo se assemelhar a uma longa cena de um filme de Angelopoulos, mas, à medida que as pessoas começavam a chegar e se agrupar, a atmosfera se tornava mais próxima do cinema italiano, com risos, conversas, agitação, dança e comida farta.

O guia do tour do azeite andaluz fez questão de enfatizar a distinção entre o azeite espanhol e o italiano. Também em nosso vilarejo sempre deixamos bem clara a diferença entre nossos produtos e os de outras regiões. Em época de escassez, minha avó costumava dizer: a temporada deles pode até ser melhor, mas o nosso amor não diminui. Como ela poderia saber tanto a respeito deles? Será mesmo que o seu amor também não diminuía? Essa competitividade parece ser uma questão natural, tanto em aldeias esquecidas em um país do Oriente Médio como nos países que mais produzem azeite e mais ganham prêmios internacionais pela qualidade deles.

Fazer essa viagem não estava em meus planos. Estou aqui há meses para completar meus estudos em Madri.

Entretanto, um jantar com uma amiga mudou tudo. Na nossa mesa, como em qualquer outra mesa em qualquer restaurante espanhol, havia uma pequena garrafa de azeite, e, como sempre, a primeira coisa que fiz foi pedir um pequeno pedaço de pão, pingar umas gotinhas do azeite nele e provar — um ritual que servia sempre para provar a mim mesma que o do meu avô era o melhor do mundo. Não sei dizer o motivo nem como surgiu essa necessidade urgente de afirmar isso.

Naquele jantar, porém, algo estranho aconteceu: o azeite tinha o mesmo gosto daquele que eu conhecia bem, o melhor sabor. Tomei água e provei de novo: era o mesmo gosto, o sabor de casa.

Lembrei-me, então, do desaparecido tio do meu avô e da muda de oliveira que o acompanhara na viagem. Perguntei à gerência do restaurante a respeito da procedência do azeite, mas não souberam me informar, pois compravam vários tipos e de diferentes lojas. Como a Andaluzia era a região que mais produzia azeite, decidi começar a investigação ali, e fiz um tour com pessoas de China, da Irlanda e da Suécia em uma prensa de azeitonas, experimente o produto com eles, escutei as explicações do guia sobre coisas que eu sabia de cor e comprei garrafas de todos os tipos produzidos, mas nenhuma delas tinha o gosto próximo do azeite da casa do meu avô.

Tive que admitir que o que estava fazendo era de certa forma tolo, e que a tal tradição da família podia muito bem ser um mito, uma história que meu avô gostava de contar para me entreter. Além disso, seu tio não poderia estar vivo até hoje e, mesmo que eu encontrasse sua família, caso existisse, como ela poderia ajudar, a mim ou a qualquer outra pessoa?

A verdade é que eu estava procurando por mim mesma, procurando por Maria nos rostos de estranhos que se pareciam com ela de forma tal que nem ela percebia. Procurava uma árvore para estampar nela minhas feições, como fiz com os traços do meu avô na árvore da família. Através da viagem, eu pretendia desenhar os caminhos da minha vida do meu jeito. Talvez eu desejasse ainda que aquela árvore me levasse de volta à terra do meu avô, que desenhou nela sua própria jornada.

Aprendi a cozinhar na cozinha da minha avó; na casa dos meus pais, eu era muito mimada, mas na casa dos meus avós, durante a temporada de colheita, não tinha lugar para mimos. O principal prato nessa época era trigo com grão-de-bico e frango, além de diversas massas, esfihas de carne com cebola, baldes de coalhada de leite de ovelha e legumes frescos apanhados em uma das hortas do vilarejo. Isso sem contar os bules de chá que rugiam sobre o fogo ao longo do dia.

As tarefas de cozinha não eram as minhas favoritas, mas eu não tinha como me desvencilhar delas. Ser da casa não me dava privilégios.

Quando eu e meus amigos éramos pequenos, nos era dada a tarefa de catar as azeitonas do chão ou de limpá--las das sujeiras e separá-las das folhas que vinham junto quando colhidas. Quando um de nós ganhava altura, era elegível para colher azeitonas de onde pudesse alcançar. Mais tarde, quando nos tornamos jovens e cada um ganhou qualidades físicas distintas do outro, as tarefas se diferiam — o mais alto e ágil, por exemplo, podia subir na escada e colher as azeitonas dos galhos. No campo do meu avô, diferentemente do que acontece em muitos campos, era proibido bater nos galhos com paus para que as azeitonas caíssem para acelerar o trabalho. A moderna máquina elétrica também não entrou em nosso campo: o trabalho era puramente manual, respeitando o zelo que meu avô tinha por suas oliveiras. Ele acreditava que a árvore ficaria magoada conosco se fosse golpeada, arruinando nossa relação com ela e estragando o fluxo da bonança em todos os sentidos, fazendo com que o melhor azeite do mundo deixasse de sê-lo.

Também não nos era interessante apressar o trabalho, pelo contrário, porque a rapidez levava à última coisa que queríamos: o término antecipado do festival.

Nos intervalos, não só descansávamos e tomávamos chá, mas também cantávamos as baladas que cuidadosamente tínhamos escolhido ao longo do ano, desde as canções populares modernas às cantigas folclóricas preferidas dos mais velhos do vilarejo. Além disso, dançávamos, batendo palmas, e ululávamos alegremente, como se estivéssemos em um casamento. Eu costumava refletir sobre as rodas do dabke[2], pensando nelas como um belo e animado exemplo de uma alegria que só poderia ser alcançada coletivamente, pois, se as mãos dos dançarinos não estivessem fortemente entrelaçadas e suas pernas e pés não seguissem harmoniosamente o ritmo, a ideia do dabke não teria sentido desde o princípio.

---

[2] Dança folclórica de grupo, típica do Oriente Médio, caracterizada por movimentos complexos, pisadas de pés, aplausos e gritos. (N.T.)

Em uma das aulas de espanhol, nos pediram para falar sobre danças folclóricas do nosso país de origem. Eu escolhi o dabke, e expliquei como cada região da Síria tinha sua variante própria, seus instrumentos musicais, suas melodias de acompanhamento e suas roupas folclóricas, que também eram diferentes dos tipos de dabke e de figurinos encontrados nos países vizinhos. Todos os diferentes relatos a respeito das origens dessa dança na Síria, pelo motivo que for — religioso, artístico, agrícola ou urbano —, mostram que ela tem como base o trabalho coletivo em prol do bem comum.

Como de costume, Juan não participou conosco do dabke naquele dia. Ele ficou nos observando de longe, apoiado no tronco da velha oliveira. Deixei o grupo e a agitação e fui até ele, que envolveu minha cintura com seu braço pela primeira vez, atrás da árvore. Sua mão era forte, e seu olhar mais ainda; sim, seu olhar era tão forte que me acompanha até hoje.

Minha breve história de amor não foi a única que se desenrolou durante as temporadas das olivas. Muitos dos primeiros beijos furtivos aconteceram atrás de uma daquelas oliveiras. Algumas dessas histórias continuavam e se materializavam diante de nós na forma de amáveis pequenos seres que também integraram o caderno nas temporadas posteriores, que engatinharam entre nós e que deram seus primeiros passos no solo do campo, onde nós os aplaudimos e os celebramos.

Em uma das vezes em que fiquei sozinha com Juan, trocamos abraços e furtivos beijos ardentes. A dona

Umm-Sara[3] nos viu; era uma senhora setentona, amiga próxima da minha avó, seu braço direito em todos os preparativos para a temporada de olivas ao longo dos anos.

Fiquei encabulada e sem jeito. Tive certeza de que ela me entregaria à minha avó e me preparei para enfrentar uma situação muito embaraçosa com a família, circunstância diante da qual eu ainda não sabia como agir. Mas Umm-Sarah virou as costas para nós e fingiu estar ocupada pegando as azeitonas do chão, que ela juntou no avental, e saiu cantarolando uma suave melodia romântica, como se nada tivesse acontecido.

Bem, mas estávamos em uma pequena aldeia, e os aldeões gostavam de espalhar notícias e rumores. A fofoca é, de fato, um dos aspectos mais importantes da vida de lá, e isso nunca me incomodou, pois era como o bem que vinha do solo, distribuído entre todos nós com justiça, como os frutos da terra.

Notei um pouco depois e sem a intervenção de Umm-Sarah, que a notícia dos meus flertes estava circulando entre as pessoas e podia já ter chegado à minha família, que a teria ignorado por considerá-los nada mais que um capricho passageiro por que passa todo rapaz e toda moça. Foi quando entendi porque a turma das olivas não gostava do Juan, sobretudo o Salim e os próximos dele. Todos sabiam que Salim guardava sentimentos especiais por mim, mas o acordo

---

3 Literalmente, "a mãe da Sarah". É costume árabe chamar os pais pelo nome do filho primogênito. Na falta de filhos, os pais adotam o nome da filha primogênita, chamando-se respectivamente de Abu-fulano(a), no caso do pai, e Umm-fulano(a), no caso da mãe. (N.T.)

tácito entre os membros da turma não permitia que tais coisas fossem reveladas para que a natureza do relacionamento do grupo não fosse prejudicada — apesar de que isso não impediu a violação do acordo que ocorreu recentemente: depois que parti, fiquei sabendo acidentalmente do casamento de dois amigos, membros do grupo, e, por um momento, cheguei a me sentir traída por terem escondido seu relacionamento de nós ao longo desses anos todos, assim como a continuidade dele fora de temporada, ou mesmo incomodada com o esforço despendido para permanecerem discretos, julgando que aquela era uma vitória imérita. Mas foi um momento de aborrecimento infantil, egoísta e sem sentido, especialmente depois que fui embora e da dispersão que se deu após a guerra — assunto que evitarei mencionar o máximo que puder.

Mesmo Umm-Sarah teve sua própria história de amor, que durou até seus últimos dias. Todos sabiam da relação de amor intensa que ela tinha vivido com o marido, mas a condição financeira ruim dele na época havia impedido que continuassem seu relacionamento e este fosse coroado com o casamento. Esse fato levou minha avó e o resto dos membros pioneiros e permanentes da temporada das olivas a se reunirem e decidirem, por acordo mútuo, que uma parte do ganho da temporada seguinte fosse destinado a um fundo dedicado ao casamento de Umm-Sarah, para o qual cada um contribuiria de acordo com sua capacidade. Dito e feito, todos responderam ao chamado, incluindo as oliveiras, que deram frutos como nunca antes vivenciado pelos envolvidos. Esse detalhe inclusive levou minha avó a dar um título para o registro da temporada no livro, naquele ano: "Temporada do amor". Desde então, Umm-Sarah começou a ser uma das trabalhadoras mais empenhada para o sucesso e a prosperidade das temporadas, além de autora de iniciativas permanentes para criar fundos cooperativos no apoio aos necessitados da aldeia sem que suas identidades fossem reveladas. Ela costumava dizer que preservar a dignidade das pessoas era mais importante do que garantir o pão. Talvez por isso tenha guardado meu segredo.

Se eu pudesse dar um título para a temporada que me uniu com Juan, seria: "Ponto". Um ponto que encerrou certa fase da minha vida, uma fase em que eu era realmente feliz. Fiz questão de participar de algumas das temporadas seguintes, mesmo depois de ter entrado na universidade em Damasco e apesar da longa viagem de ônibus até a casa dos meus pais na cidade e, depois, a viagem de carro até o vilarejo. No entanto, lembro-me muito pouco dos eventos ocorridos nesses períodos, de quem entrou no caderno das olivas e de quem estava ausente, e também não passei o ano todo escolhendo canções. Sequer me recordo se tive forças para bater palmas ou interagir alegremente com os outros. Penso hoje que apenas meu corpo estava lá, fazendo as coisas automaticamente, sem emoção, enquanto minha mente se mantinha distraída, ocupada com as recordações que aquele lugar provocava em mim, como se algo, bem no fundo meu coração, tivesse sido extinto, esvaziando os dias de seu conteúdo e o futuro de seu brilho.

Meu avô percebeu que eu havia mudado ao longo das últimas temporadas, mas não me perguntou nada nem me pressionou. Ao invés disso, durante um dos nossos encontros em seu escritório, ele girou o globo, apontou o dedo para a Espanha e então largou sobre a mesa uma lista de universidades que ele tinha contatado e nas quais eu havia sido aceita para cursar pós-graduação, faltando apenas a minha confirmação para me juntar a uma delas. Do lado da lista, havia uma passagem de avião. Eu não pensei muito sobre assunto, fui logo dizendo "Bom, então vamos tirar uma foto de despedida perto da árvore-mãe".

O abandono não é a coisa mais difícil, David me disse há poucos dias, e depois me beijou ao modo sírio. Ele apelidou assim porque, segundo ele, era um beijo típico meu. Na verdade, eu só conhecia dois jeitos de beijar: o jeito do Juan e o jeito dos outros homens. Eu não disse isso ao David para não o magoar, afinal, não me tornei uma garota durona do tipo que bate em uma oliveira com um pau ou que machuca um homem bom. Disse-lhe apenas que não achava que o beijo tinha nacionalidade, e isso provavelmente era a sorte do beijo. O David queria muito me acompanhar na viagem, mas eu recusei educadamente, porque eu não sabia o que estava procurando e só conseguiria descobrir se estivesse sozinha. Na opinião do David, eu não procurava nada, mas tudo bem, porque ainda era jovem e tinha bastante tempo para colocar a vida em ordem.

Em Damasco, conheci muitos rapazes, e certa vez quase achei que tinha me apaixonado por um deles, mas logo o olhar de Juan voltou à minha memória para me despedaçar.

Como qualquer garota de origem interiorana que crescera entre o vilarejo e uma pequena cidade periférica, fiquei fascinada por Damasco, sobretudo pela parte antiga da cidade. Eu podia caminhar nela durante horas e horas sem cansar. Meu passeio favorito era nos becos estreitos e pavimentados com pedras pretas; eu gostava de observar o emaranhado requintado de suas casas. Conta-se que os arcos que ligam as casas de um lado e outro das ruelas eram desse jeito porque, quando um vizinho precisava acrescentar um cômodo adicional à sua casa devido ao casamento de um filho, não era possível fazer isso sem pedir ao vizinho para que lhe "emprestasse o ombro", o que significava permitir que ele apoiasse a parede do novo quarto na sua parede — pedido que de fato o vizinho não recusava. Isso passou a ser um traço arquitetônico característico dos bairros e das casas damascenas. Mesmo que a história não seja verdadeira, ou que seja inventada ou muito romântica, o apoio das casas uma no "ombro" da outra, na minha opinião, é muito semelhante ao apoio dos ombros dos rapazes e das garotas dançando o dabke. Eu ainda acredito que um projeto grandioso como Damasco se manteve por milhares de anos graças a esse espírito. A história pode não ser a verdadeira, mas com certeza é mais bonita.

Eu disse ontem ao David que ligaria para ele quando voltasse a Damasco, mas logo percebi o deslize que cometi e me corrigi, queria dizer a Madri. Senti que fiz confusão entre a viagem de trem que fiz de Madri até as oliveiras da Andaluzia e aquela que costumava fazer de ônibus de Damasco até as oliveiras do vilarejo.

Às vezes é como se a gente não conseguisse sair do lugar, por mais longe que viaje. Em outras, parece que não precisamos ir a lugar nenhum para viajar, como o meu avô e a árvore da família.

Quando morei em Damasco, aluguei uma quitinete no último andar de um prédio com vista para o monte Qasioun. No início, tentei encontrar um apartamento melhor, porque os prédios no centro, como todos os edifícios antigos, não tinham elevador, e os últimos andares sofriam diretamente com as condições climáticas ruins, tanto no verão quanto no inverno. Mas eu me mantive no lugar em razão do implacável grasnir dos corvos que voavam ao seu redor. Às vezes eu pensava que eles tinham me seguido do vilarejo até ali, onde estavam para levar adiante sua missão: cuidar de mim. Outras vezes, tentava desvendar o que eles queriam me dizer, porque sua insistência em falar comigo era algo claro para mim, eu sentia que havia algo urgente que eles queriam me mostrar. Cheguei a ler muito sobre os corvos e pensei comigo mesma quem conseguiria aprender sua língua. Algo como a garota americana que conheci certa vez, estudante de árabe em Damasco, que me assegurava que, desde pequena, notou que falava a língua dos gatos e que se comunicava perfeitamente com os gatos da rua; foi por causa disso, inclusive, que ela prolongou sua estadia em Damasco por mais tempo que a duração do curso.

Às vezes, ao amanhecer, quando um corvo me visitava e grasnava perto da minha janela, eu sentia o gosto e o calor dos lábios de Juan. Tinha a sensação de que era a respiração dele que embaçava o vidro e que o coração que eu desenhava de forma pueril na janela era um coração real, que pulsava. Sentia que era o olhar da Juan que voava ao meu redor e dentro de mim, e que o bater das asas do corvo nada mais era do que mensagens que me escavavam todos os dias, como o coração desenhado na janela que se desmanchava virando lágrimas.

Naquele apartamento no centro de Damasco, em muitos dias durante o mês do Ramadã, eu recebia sakbe, porções de pratos preparados pela vizinha do apartamento em frente, sem ela sequer saber se eu jejuava ou não[4]. Aprendi com minha mãe que não se devia devolver o prato vazio, por isso eu preparava algo no dia seguinte, ou fazia um bolo e mandava alguns pedaços na louça que retornava. No dia seguinte, eu recebia outra sakbe, agora dos vizinhos do andar de baixo. Assim as sakbe eram trocadas entre os moradores daquele edifício. Eu era uma estudante sempre distraída em um prédio familiar numa cidade pequena onde as pessoas cuidavam umas das outras, como era também o costume no vilarejo do meu avô. Em todos os lugares onde morei, tal qual ali, os pratos passavam de casa em casa como códigos secretos com cheiros apetitosos — códigos de amor sincero.

---

4   Durante o jejum, as pessoas têm o hábito de distribuir aos vizinhos uma parte dos alimentos que preparam para consumir no desjejum. Na Síria, a essa porção oferecida se dá o nome de *sakbe*. (N.T.)

No final do ano passado, houve uma exposição de fotografias tiradas pelo meu amigo Omar, que vivia em um bairro próximo ao local onde eu morava. As fotos tratavam de Damasco e de seus habitantes como se vistos por um corvo. Pensei: como o corvo me via ao amanhecer? Triste? Apaixonada? Bonita? Abandonada? Mas o abandono não é a coisa mais difícil, disse o David, e eu agora tenho a impressão de que ele se parecia com a pomba que levou pelo bico o ramo de oliveira para a arca de Noé. Considerei que talvez eu tivesse começado a me apaixonar por David ou a pensar, de certo modo, na salvação.

Durante minha pesquisa sobre o mundo dos corvos, li que eles não se esquecem do rosto de quem lhe faz mal ou de quem representa alguma ameaça para eles. O estudo literalmente dizia que "bandos inteiros de corvos grasnarão bem alto quando virem o rosto dessa pessoa, e por muitos anos". Isto é, um nafir de corvos trabalharia em conjunto para afastar o perigo de seu bando. *Nafir*, em árabe, é um substantivo singular, que se refere um grupo de três a dez pessoas, um termo historicamente com denotação bélica, pois o nafir em geral indica uma mobilização das pessoas para combater o inimigo. Passei a evitar ao máximo a menção à guerra e a seus horrores. Eu fujo dela, dou-lhe as costas, tento ignorá-la quando passa na tevê. Não quero pensar nas minas que impediram o encontro das oliveiras com as pessoas, nem nos troncos que se tornaram lenha, nos incêndios que comeram os campos e beberam o azeite da fonte, nem nas pessoas que se reuniram contra outras pessoas. Não quero pensar que fim levou o passeio dos pratos entre as casas. Mas como posso esquecer isso?

Agora não tenho mais certeza de que o som do corvo que escutei no vilarejo no dia em que Juan me beijou atrás da árvore-mãe era realmente o som do amor. Teria ele grasnado para me alertar do perigo que me beijava? Do perigo que estragaria minha vida depois de ter ido embora?

> *A garota com o rosto bonito*
> *está colhendo azeitonas.*
> *O vento, com braço cinza,*
> *está segurando sua cintura.*
> *Árvore, árvore*
> *Seca e verde*[5]

---

5 *Arbolé, arbolé*, poema de Federico García Lorca.

O povo igra do norte

Resistências anticapitalistas durante a primeira metade do século 21

Yásnaya Elena Aguilar Gil

Yásnaya Elena Aguilar Gil nasceu em Ayutla Mixe, no México, em 1981. É linguista, escritora, tradutora, ativista de direitos linguísticos e investigadora ayuujk. Faz parte do Colegio Mixe, coletivo que busca realizar e difundir investigações sobre a língua, a história e a cultura mixe. Seus textos foram publicados nas antologias *Condolers*, *El futuro es hoy: ideas radicales para México*, *Tsunami* e *Un Nosotrxs sin Estado*, entre outras. Em 2020, publicou a antologia de ensaios *Ää: manifiestos sobre la diversidad lingüística*. Colaborou em diversos projetos de divulgação da diversidade linguística, desenvolvimento de conteúdo gramatical para materiais educativos em línguas indígenas e projetos de documentação e atenção às línguas em risco de desaparecimento.

Tradução do espanhol:
Beatriz Regina Guimarães Barboza

A título de prólogo: a história de uma descoberta

Minha primeira aproximação com o povo igra aconteceu acidentalmente. Enquanto procurava pelos poucos arquivos que sobreviveram à inundação do território ancestral do povo mixe durante o grande desastre climático, encontrei uma série de imagens e documentos que chamaram fortemente minha atenção. Até então, só sabia que o povo igra existia, mas a verdade é que não tinha muito interesse em saber mais sobre as sociedades do capitalismo tardio. O que há para dizer sobre as sociedades dos séculos 20 e 21 que já não sabemos? Pouco se podia agregar ao que os círculos de estudos historiográficos concluíram: nessa época, que foi batizada de Noite Capitalista, a humanidade escolheu de maneira inexplicavelmente irracional a acumulação de riqueza em detrimento da possibilidade da vida; para essa acumulação, era necessário sustentar uma produção alucinante de mercadorias desnecessárias e, para tal, os bens naturais do planeta foram extraídos de maneira tão intensa que os ecossistemas ficaram sob risco, e uma boa parte da humanidade foi coagida a trabalhar em prol dessa obrigação em condições que hoje nos parecem indignas. Para sustentar essa produção, os combustíveis fósseis foram fundamentais, mas sua extração e seu uso de maneira intensiva alteraram o equilíbrio climático do planeta, cuja temperatura média subiu mais de três graus em pouquíssimos séculos. As consequências disso são bem conhecidas. Em 2050, intensificou-se o grande desastre climático que extinguiu grande parte da humanidade de maneiras terrivelmente dolorosas e injustas, principalmente para a população infantil. O mundo que temos reconstruído, séculos depois, se desenvolveu a partir do 10% da população humana que, apesar das previsões, sobreviveu. Não havia muito mais a dizer; as consequências eram bem conhecidas, e voltar a propor as mesmas ideias, evidências e conclusões não contribuiria em nada no nosso entendimento de uma época aziaga, mas por sorte já superada. Minha formação, que se deu dentro dos círculos de estudos historiográficos, me levou à mesma conclusão: a investigação dos séculos da Noite Capitalista pode nos oferecer pouquíssimas informações de interesse. A historiografia atual foca sobretudo nos séculos anteriores e busca investigar, principalmente, a evolução da relação das sociedades humanas com os distintos ambientes naturais. É por isso que a biologia, a geografia e a história, assim como muitas outras disciplinas antes separadas, esfumaram seus limites e colaboram estreitamente umas com as outras. Meu trabalho, desenvolvido dentro de um dos mais antigos círculos historiográficos da Mesoamérica, estava justamente dirigido ao estudo de uma variedade de milho (batizada de *moojk* em língua mixe) que gerava seus próprios fertilizantes naturais. Soubemos dessa variedade graças ao conhecimento codificado pela tradição oral dos povos mixes, relatada pelos últimos falantes dessa língua. Para levar adiante a pesquisa, constituiu-se uma equipe interdisciplinar na qual meu conhecimento filológico da língua mixe, hoje lamentavelmente extinta, e de sua tradição oral, além da minha experiência com arquivos, podia contribuir para alcançar o objetivo: queríamos procurar por evidências dessa variedade de milho e obter pistas sobre a possibilidade de que essa variedade seguisse existindo em alguma das poucas terras do antigo território mixe que ainda não haviam sido inundadas. Essa variedade poderia ser uma esperança para assegurar nossa alimentação, pois muitas das atuais variedades de milho apresentavam sequelas provocadas pelas experimentações transgênica e química feitas nelas durante o período do capitalismo tardio. Como poderá ser observado, eu estava bem longe de me interessar pelo povo igra do norte, os esforços de meu círculo de estudo apontavam para outra direção.

Considerando tudo isso, encontrar as imagens e os documentos me desconcertou extremamente. Tudo o que sabíamos das sociedades do capitalismo tardio me sugeria que aquilo era suspeito, digamos assim. As fotografias e os documentos datavam do começo do século 21, mas a vestimenta das pessoas nas imagens não correspondia em nada com a estética têxtil da época. Entre os documentos, datados também da mesma época, podíamos encontrar esquemas, listas intermináveis com nomes e números, documentos que pareciam conter relatórios exaustivos; o que mais chamou minha atenção nisso tudo foi, sem dúvida alguma, a presença de três vocabulários bilíngues manuscritos, uma descrição gramatical encadernada, mas impressa de maneira caseira, uma espécie de diário pessoal e um texto longo disposto da forma como se dispunham poemas no papel naqueles anos. Minha surpresa foi além dos limites quando me dei conta de que uma das línguas registradas no vocabulário bilíngue era a língua mixe, de que se tratavam de vocabulários igratan-mixe. O mixe estava codificado com o abecedário latino adotado no fim do século 20, e o idioma igratan também estava codificado com o abecedário latino em dois dos vocabulários. Já o terceiro, depois de um breve estudo, parecia estar codificado com os caracteres próprios do silabário cherokee, a famosa língua também extinta que era falada no norte deste continente, dentro do que foi o país tristemente célebre chamado Estados Unidos da América, do qual deriva nosso sistema de escrita atual. Isso foi tudo que pude concluir com base em meus conhecimentos linguísticos e históricos: encontrei documentos em uma das muitas línguas faladas durante a Noite Capitalista, e, pelo que sabia de mixe, o nome dessa outra língua era igratan. Nada tão extraordinário, na realidade. Línguas extintas semelhantes já tinham sido descobertas anteriormente.

Dado o compromisso que tinha feito com minha equipe de trabalho, era impossível que eu me ocupasse desses documentos e fotografias imediatamente. Então, guardei o material em segurança e falei com meu grupo de pesquisa, mas a notícia não causou muita inquietação a ninguém. A única coisa que poderosamente me chamou a atenção nesse momento foram os materiais linguísticos; meu amor pela extinta língua mixe, a língua de meus antepassados, me dizia que, nesses vocabulários, novos aspectos sobre ela poderiam ser revelados à luz do idioma igratan. Mera curiosidade, mero divertimento linguístico. Depois de entregar meus relatórios sobre os achados e progressos sobre a variedade de milho moojk para avaliação do resto do grupo, me dispus a tirar uns dias de descanso em meu território natal. Antes de me ausentar, anunciei minha intenção de levar comigo os materiais recém-descobertos, notícia que foi bem recebida, ainda que com bastante indiferença. Trise Ayoop, uma jovem colaboradora que tinha acabado de ingressar no Círculo de Historiografia, me fez uma observação inquietante; antes de despedir-se, me disse com um sorriso tímido: "sempre suspeitei que as coisas não eram tão homogêneas como se pensava durante a Noite Capitalista. Espero que você encontre ideias revigorantes nesses papéis". Registro neste relatório suas palavras, que funcionaram, por fim, como oráculo e presságio.

Quando cheguei ao meu povoado, dediquei os dias às minhas obrigações comunitárias e, durante as noites, comecei a examinar os documentos. A primeira tarefa que me impus consistiu em decifrar a língua igratan utilizando meus conhecimentos de mixe. Essa tarefa não me tomou mais que oito semanas, ao fim das quais, com ajuda da gramática e dos vocabulários, eu estava em condições de ler o resto dos materiais. O que aconteceu depois mudou totalmente as ideias que eu tinha sobre a Noite Capitalista. Porém, eu tinha que voltar às instalações do círculo historiográfico, então retornei, ignorando que os documentos me revelariam um mundo novo.

Quando retomei minhas atividades de pesquisa coletiva, me esqueci de continuar a leitura dos documentos do igratan. Foi só oito meses depois, em meio a uma pausa por ter contraído gripe sazonal, que voltei aos papéis. Pouco a pouco fui descobrindo que se tratava de parte dos arquivos comunitários de um povoado igratan que estabeleceu vínculos de colaboração com duas comunidades mixes da época. O que podia derivar do conteúdo do documento e das imagens me sugeria que era falsa a ideia de que absolutamente toda a vida sociopolítica do começo do século 21 estava regulada pela estrutura dos Estados-nação. À medida que os conteúdos foram se revelando para mim, tive cada vez mais certeza de que devia comunicar essas ideias e evidências para minha colega Trise. Graças ao seu entusiasmo e à sua insistência, conseguimos obter a colaboração de nosso coletivo de pesquisa para nos dedicarmos completamente a essa nova descoberta e à busca por maiores evidências. Dessa maneira, pudemos explorar mais arquivos, fazer algumas viagens e tentar obter uma narração coerente com base em todos os documentos que fomos encontrando. Durante esses quatro anos, muitas pessoas se somaram à pesquisa, e comemoro que assim seja, pois é importante fazer justiça histórica a todos os povos, todas as comunidades e todas as estruturas sociopolíticas minúsculas de que tínhamos pouquíssimas notícias e que, como pequenas ilhas, resistiram à Noite Capitalista.

No nosso entendimento atual, as práticas sociais, os sistemas econômicos baseados na reciprocidade profunda e a relação com sistemas naturais que adotamos é uma inovação que começou a se estabelecer depois do desastre climático, mas nossa pesquisa sugere que não foi assim, mas que, em meio à mais profunda escuridão da Noite Capitalista, pequenas nações se mantinham em rebeldia com práticas que se opunham ontologicamente ao capitalismo. Muitas dessas nações, como o povo igra do norte, infelizmente não sobreviveram aos estragos da crise climática, mas temos certeza de que essas práticas chegaram aos nossos dias de alguma maneira, talvez inconscientemente e através de uma memória coletiva que, como um rio subterrâneo, correu através do desastre e surgiu como um manancial aos borbotões nas sociedades que construímos na atualidade. Quisemos tanto nos diferenciar da Noite Capitalista que ignoramos injustamente as culturas que, nessa época, propunham, em sua prática e seu pensamento, a preservação da vida em um contexto que lhes apresentava a morte de forma compulsiva. Lamentavelmente, a reprovação pública que o capitalismo tardio sofreu por parte das sociedades atuais, ainda que com justa razão, ocultou que pequenos povos e pequenas comunidades espalhadas pelo mundo todo resistiram sempre, ainda que em meio às terríveis condições do momento. Acreditamos que é justo que, agora, elas sejam reconhecidas como precursoras do novo mundo que agora habitamos e desterremos pouco a pouco a ideia de que toda a humanidade estava absolutamente controlada pelo capitalismo; capitalismo e sociedades humanas, no século 21, não podem mais ser tratados como sinônimos, porque não foram todas as sociedades da época que acabaram seduzidas pela conversa fiada do capitalismo. De algum modo, parecia que a ânsia totalizante do capitalismo havia se estendido até os dias de hoje de maneira que nos faz vê-lo, na distância dos séculos, como um monólito homogêneo. Mas não foi assim, agora temos evidências disso. Talvez essas nações e povos não tenham conseguido frear o grande desastre climático que quase fez a humanidade desaparecer, mas, sem dúvida alguma, sua resistência e sua visão sobre como a natureza deveria ser curada chegaram até nós através de meios não convencionais. O mundo que temos construído na atualidade já tinha sido desejado por essas nações que tentaram avisar as sociedades capitalistas hegemônicas; o gérmen do mundo atual não surgiu depois do grande desastre climático, não o construímos do nada, como sugere certa arrogância e desmemória nossa. Esse novo mundo em equilíbrio tem sua semente e estende suas raízes na direção das resistências que se gestaram em plena Noite Capitalista.

Com entusiasmo, vemos que começaram a aparecer, com frequência cada vez maior, amostras e vestígios que provam que povos como o mixe e o igra do norte guardaram práticas e conhecimentos que iam contra a trajetória destrutiva na qual toda a humanidade parecia se precipitar, mesmo em pleno apogeu do capitalismo. O que apresentamos em seguida é uma breve descrição das noções que guiaram a cultura igra do norte em conexão com outras comunidades resistentes no fim da Noite Capitalista, justamente décadas antes do desastre climático. Para isso, organizamos esta pequena monografia em três eixos principais temáticos: a gestão da terra e do território, os sistemas de governo e a festa. Os documentos e evidências que encontramos ao longo desses anos de pesquisa interdisciplinar são fragmentos que apenas têm sentido se forem lidos dentro do conjunto de todas as descobertas. Já publicamos anteriormente os detalhes técnicos de cada achado e cada evidência do povo igra do norte e sua relação com outros povos. Pelo entusiasmo com o qual nosso trabalho foi recebido, nesta ocasião assumimos a tarefa de redigir um relatório mais narrativo e descritivo para o público em geral, uma descrição que integra o que podemos concluir de todo o conjunto de achados, uma interpretação geral reconstruída sobre documentos, imagens e distintos tipos de vestígios. Por essa razão, detalhes técnicos de cada documento e evidência são omitidos, ao mesmo tempo que se privilegia a descrição e a narração. Desejamos que, através destas palavras, o povo igra seja conhecido como uma das ilhas de resistência contra o capitalismo tardio. Para alcançar essa tarefa, estabeleceremos contrastes com aspectos das sociedades capitalistas da mesma época e com as sociedades atuais. Hoje sabemos que existiram mais ilhas de resistência, pois tudo aponta que o povo igra estivesse em relação com pelo menos alguns desses outros povos, então segue pendente a tarefa de averiguar mais e completar o panorama. Antes de entrarmos no assunto, queremos agradecer ainda aos círculos de historiografia que nos ajudaram e facilitaram este trabalho, aos grupos de pesquisa, aos círculos de editoração e divulgação, aos coletivos campesinos e a todos os círculos de trabalho em diferentes temas e atividades que nos sustentaram esse tempo todo. Sem seu trabalho em permanente reciprocidade, nada disso teria sido possível.

Yásnaya Elena A. Gil

I. Notas gerais sobre o povo igra do norte

Partamos de uma ideia inicial que foi aceita por muito tempo: durante os séculos 20 e 21, todas as sociedades humanas eram capitalistas. Alguns coletivos de pesquisa chegaram a sugerir que esse sistema foi tão totalizante e abarcador que chegou a controlar a vida, os desejos e a imaginação até das pessoas que habitavam o mais distante dos povoados (distante em relação às grandes metrópoles urbanas capitalistas). Afirmou-se com grande certeza que havia homogeneidade no fato de se considerar que o bem-estar e o progresso da humanidade estavam indissoluvelmente ligados ao capitalismo. Essa visão uniforme sobre esse período histórico começa a craquelar-se quando nos encontramos com o povo igra do norte.

As sociedades igra se localizavam geograficamente na zona norte da região que foi conhecida como Mesoamérica. Pelo nome, podemos deduzir que os igra do sul existiram, mas não encontramos nenhuma evidência disso até o momento. As comunidades igra tiveram como vizinhos as comunidades mixes ao sul, os povos otomangues ao oeste, o povo míchico ao norte e o mar ao leste. Sua proximidade do oceano explica seu desaparecimento, provocado pela subida do nível dos mares que causou grandes estragos em diversas zonas costeiras do planeta na segunda metade do século 21. De acordo com as evidências, calculamos que se tratava de uma nação com um contingente populacional que oscilou entre 130 e 150 mil habitantes nessa época. Suas principais atividades eram o cultivo, a caça e, evidentemente, a pesca. Ao longo de seu território, havia ecossistemas bastante diferenciados entre si por causa das particularidades geográficas da região: montanhas de pinheiros e carvalhos na região oeste, um pequeno deserto na zona norte, zonas selváticas ao sul do território e costas quentes ao leste. Sustentamos a hipótese de que essa diversidade explica a complexa relação que o povo igra estabeleceu com as noções de terra e território, questão que será abordada na seção correspondente. Não há evidência de que o idioma dos igra teve relação com algum dos idiomas conhecidos da região, mas é possível que isso se deva também à falta de evidências. Não sabemos muito sobre a história da escrita igra, apenas temos conhecimento de que eram utilizados dois sistemas de grafia distintos; por um lado, o abecedário latino na época de que datam as evidências (primeira metade do século 21) e, por outro, o antigo silabário do povo cherokee, o mesmo que inspirou o sistema gráfico com o qual escrevemos este relatório. Segundo o que pudemos analisar, o silabário cherokee era utilizado para escrever documentos que continham produção poética e rituais, enquanto o abecedário latino era utilizado para o resto das atividades que necessitavam da escrita. Essa situação se explica se considerarmos que, nessa época, o abecedário latino se tornara o sistema gráfico favorito no sistema capitalista. Da mesma forma como hoje utilizamos principalmente uma versão contemporânea do antigo silabário cherokee, durante a Noite Capitalista preferiram-se os sistemas gráficos de recorte mais fonológico, em detrimento da diversidade gráfica proveniente de outras culturas, e muitas delas não chegaram aos dias de hoje. Como foi que os igra adotaram o silabário cherokee que foi gestado a milhares de quilômetros ao norte do continente? Essa questão ainda é um mistério e poderia ser tema para uma pesquisa filológica futura. Nosso entusiasmo pelas questões linguísticas pode nos distrair do mais importante. Para nos mantermos dentro do proposto, na seção seguinte, então, descrevemos uma noção fundamental na vida e cultura do povo igra.

II. O povo igra do norte e o tunjënpet

É assombroso o fato de que as evidências analisadas apontem para o fato de que o povo igra do norte tinha um conceito, no cerne de sua organização social, política e ritual, que resistiu aos embates da ideologia surgida do capitalismo, e essa noção organizacional explica o funcionamento da sua economia, de seus sistemas de autogoverno, de seu sistema de justiça e de sua relação com o território. No idioma igratan, isso era chamado de *tunjënpet*, cuja tradução mais próxima em nossa língua seria "reciprocidade profunda". Dentro do vocabulário bilíngue do primeiro grupo de evidências, registra-se que a tradução da palavra igratan "tunjënpet" ao idioma mixe seria "kumunytunk". Este termo se revelou para nós como uma robusta evidência de que, para o povo mixe, a reciprocidade profunda também foi um eixo orientador da vida social, aspecto do qual suspeitávamos. Agora encontramos o termo para essa noção em língua mixe também.

Quem imaginaria que ainda existiam sociedades cujo funcionamento se baseava na noção de reciprocidade profunda em meio à etapa tardia da Noite Capitalista? Apesar de não ser muito evidente, tudo aponta que essas comunidades se organizaram de maneira distinta das sociedades hegemônicas da época. Assim como o princípio de reciprocidade profunda é um eixo orientador das sociedades atuais, ele também o foi para essa pequena rede de comunidades igra e, pelo jeito, de vários povos vizinhos. Antes de continuarmos, porém, queremos estabelecer algumas diferenças entre a noção de reciprocidade profunda na atualidade e a noção de tunjënpet para o povo igra do norte no início do século 21. Mesmo que pareçam se referir ao mesmo princípio, há algumas diferenças importantes. Para as sociedades atuais, a reciprocidade profunda organiza as relações sociopolíticas através de princípios comunais que aprendemos desde a infância; para o povo igra, a noção de tunjënpet estava recoberta de sacralidade, de modo que não se falava abertamente desse princípio que, no entanto, pulsava em quase todas as atividades cotidianas, contra a corrente do sistema ideológico e econômico dominante. Poderíamos dizer que nossa reciprocidade atual está mais institucionalizada em nossas comunidades, ao passo que, para o povo igra, estava recoberta de ritualidade. Para as sociedades atuais, a noção de reciprocidade profunda é tema de estudos, de narrativas, de produções estéticas, de debate público; assim como a democracia foi um tema fundamental para os Estados-nação do capitalismo tardio, a reciprocidade profunda é uma ideia básica da ideologia que sustenta nosso mundo atual. Porém, para as comunidades igra em meio à Noite Capitalista, a realidade foi outra. É possível que a pressão exercida pelos Estados-nação capitalistas e sua ideia barulhenta de progresso tenham estrategicamente confinado a noção de reciprocidade ao âmbito do sagrado para então resistir. Por essa razão, para a filosofia capitalista da época, o tunjënpet devia parecer um pensamento mágico, uma noção cosmogônica, e não um conceito fundamental que organizava a vida sociopolítica dessas comunidades. Se foi assim, podemos encontrar nisso o êxito de sua sobrevivência, tratado como uma curiosidade antropológica; a reciprocidade profunda se refugiou no sagrado e no tabu religioso para seguir existindo como algo que não parecesse ameaçar o sistema capitalista. Seja como for, é certo que é possível encontrar evidências de reciprocidade profunda em muitas categorias culturais e políticas do povo igra, como descreveremos a seguir. Na concepção igra, o tunjënpet não era somente um elemento que mediava as relações humanas — ele também explicava a relação entre entes e forças da natureza. A estruturação do governo estava mediada igualmente por essa noção, assim como por uma visão ampla do conceito de festa. Sendo assim, vamos apresentar, nas próximas seções, o funcionamento do tunjënpet em distintos aspectos da vida dos igra do norte.

II. A terra e o território

Diferentemente do que o capitalismo propunha ao ver os bens naturais como mercadorias ou recursos para a acumulação econômica, na tradição de pensamento igra, a humanidade era só mais um elemento do território; a ideia de uma humanidade oposta à natureza não era o centro da sua cosmovisão. Para explicar isso melhor, propomos uma escala possível, que explica as maneiras pelas quais a humanidade se relacionou com a terra e os ecossistemas que ela contém para depois localizar a noção igra do território nessa escala.

Em um extremo da escala, podemos encontrar as sociedades nômades que nem possuem a terra, nem são proprietárias dela. Esse tipo de sociedade percorre a superfície do planeta segundo a mudança das estações para garantir seu alimento, criando uma noção de território que advém de seu transcorrer constante, a mudança das estações comandando seu destino — durante os dias de inverno, elas migram para terras mais quentes, e, nas épocas de calor, para terras mais temperadas. Embora sejam poucas, existem comunidades na atualidade cujo modo de vida nômade é moldado pelo ritmo das estações, como as dresderias. Logo, sua noção de território se gera no movimento constante. No grau seguinte dessa possível escala, podemos colocar as sociedades sedentárias que, apesar de serem assim, não têm uma noção de propriedade sobre a terra. Nesse tipo de sociedade, a terra é vista como uma mãe que dá à luz o necessário para alimentar e manter com vida os diferentes elementos dos ecossistemas, entre os quais está a humanidade. É interessante que, ao dar o papel de mãe à terra, também seja frequente que se outorgue o papel de pai ao sol que a fecunda. A noção de território dessas sociedades está vinculada à agricultura e à maneira pela qual os ciclos da natureza afetam a semeadura. Na atualidade, as comunidades da nação catepoza constituiriam um exemplo desse tipo de sociedade. No grau seguinte da escala que aqui propomos, encontram-se as sociedades sedentárias nas quais a noção de propriedade sobre a terra foi desenvolvida, mas ela é assumida como coletiva. A grande maioria das comunidades do mundo atual funciona dessa maneira, no entanto, os limites da propriedade comunal (não individual) da terra definitivamente não funcionam como as fronteiras dos Estados-nação capitalistas; existe, sim, uma consciência desses limites, que também são porosos, por assim dizer, e dão identidade aos povos do mundo. Nesse tipo de sociedade, a noção de território se gera pela ideia de uma propriedade coletiva. No outro extremo dessa escala, totalmente oposta à noção de território dos povos nômades, podemos colocar a noção de território das sociedades capitalistas, que era atravessada pela ideia de propriedade privada. Por mais absurdo que nos pareça na atualidade, nas sociedades capitalistas, os indivíduos podiam ser os donos de uma parte da terra — desde que uma terra que nunca tenha sido manufaturada por ninguém. Sob essa lógica, todo seu conteúdo podia ser explorado pela pessoa que fosse dona dessa porção terrestre, e os limites de cada porção que viria a ser propriedade privada não obedeciam aos limites naturais, mas eram impostos arbitrariamente e registrados em um documento legal que atribuía a terra como propriedade de uma pessoa. Esse documento legal era conhecido em muitas línguas como *escritura*. Somando-se ao absurdo todo dessa situação está o fato de que essa porção de terra, sendo propriedade privada, podia transformar-se em mercadoria, isto é, podia ser comprada, alugada ou vendida em troca de uma soma de dinheiro. Na época do capitalismo tardio, isso também aconteceu com bens naturais como a água e inclusive o ar. Nesse tipo de sociedade, a noção de território se gerava a partir do ato de tratar a terra como uma mercadoria suscetível de ser comprada ou vendida no mercado. Por sorte, essa situação absurda não existe mais nas sociedades contemporâneas.

Mas em que parte da escala podemos colocar as comunidades do povo igra do norte? Para nossa grande surpresa, a evidência nos sugere que as comunidades igra, em plena Noite Capitalista, demonstravam dois tipos de noções de território que nada tinham a ver com a ideia da terra como propriedade privada: por um lado, havia comunidades pesqueiras e comunidades serranas que tinham a terra como propriedade coletiva, e essa propriedade coletiva era delimitada pela imaginação, mediante canções e narrativas que passavam de geração em geração. Assim, essas narrativas criavam uma extensão simbólica de seu território na mente coletiva, cujos limites nunca se transformaram em fronteiras. Por outro lado, as comunidades igra do deserto eram seminômades e, na época do frio, moviam-se na direção de terras mais quentes, de forma que a noção de território era criada passo a passo, a partir do seu movimento através das estações.

Para todas as comunidades igra, a relação que a humanidade deveria estabelecer com a natureza estava mediada pelo tunjënpet, ou pela reciprocidade profunda, como dissemos anteriormente. Essa relação era pactuada mediante uma série de rituais que estabeleciam essa correspondência com outros ecossistemas provedores e com outros entes que o habitavam. Considerando que a população igra precisava tomar a vida de certos animais e plantas para poder alimentar-se, era necessário que, três vezes ao ano, fosse realizado um trabalho comunal para poder fazer oferendas aos elementos naturais, em reciprocidade. Esse trabalho coletivo de estabelecer oferendas recíprocas com as forças naturais e outras entidades que povoavam os ecossistemas para alcançar o bem comum se chamava *tequio* (tudo parece indicar que essa palavra é um empréstimo tardio de outras línguas, mas ainda não temos evidências suficientes). Esse tequio para realizar oferendas poéticas, musicais e rituais acontecia durante três dias e era coordenado pelas pessoas especialistas do sagrado. Portanto, ele era a manifestação coletiva da reciprocidade profunda com a terra e suas forças, mas cada núcleo familiar poderia realizar cerimônias de reciprocidade com a terra sempre que acreditassem conveniente, mesmo o tequio como oferenda coletiva sendo realizado três vezes por ano. Segundo a visão dos capitalistas, esses rituais só seriam interessantes como algo etnográfico, sem se darem conta de que eles derivavam de uma noção radicalmente distinta de território. Podemos dizer, então, que uma das manifestações da reciprocidade profunda era o tequio feito para a natureza (ainda que, em termos de precisão, "natureza" não seja uma boa tradução; tudo aponta que, em igra, a palavra *yää* signifique "tudo que é" ou "tudo o que existe", o que não implica a diferença cortante entre natureza e humanidade, própria do capitalismo). Esse tipo de tequio regulava o próprio cerne da noção de território para as comunidades igra: se ele sustentava e alimentava o povo igra, então o povo igra manifestava reciprocidade coletiva na forma de tequio ritual. Os detalhes desses tequios não estão muito claros, mas acreditamos que as poucas evidências que encontramos têm a ver com sua natureza sagrada.

III. Sistema de governo

O sistema de governo das comunidades igra também estava atravessado pela noção de reciprocidade profunda e, portanto, o tequio também era um elemento fundamental. Poderíamos nos atrever a dizer que a estrutura de governo era a manifestação de um tequio contínuo, mas rotativo. Explicaremos a seguir. Para começar, é importante indicar que o povo igra não tinha nenhum governo central, mas cada uma das mais de vinte comunidades (não sabemos ainda o número exato) tinha uma assembleia como órgão máximo de governo, e a assembleia de uma comunidade não estava apta para decidir os assuntos das outras comunidades igra. Embora tivessem uma estreita colaboração de troca entre comunidades, o povo igra nunca pretendeu centralizar o poder em um órgão governamental supracomunitário. Considerando que a democracia liberal dos Estados-nação dessa época impunha uma arquitetura particular de governo, as comunidades igra encontraram uma maneira interessante de cumprir com a exigência de Estado, ao mesmo tempo em que mantinham suas próprias estruturas. Enquanto relatavam oficialmente que as eleições em cada comunidade foram levadas a cabo segundo as normas do Estado, seguindo o funcionamento de partidos políticos que disputavam o poder, o governo local funcionava de uma maneira diferente, de fato: em cada ciclo anual, a assembleia, constituída por todas as pessoas maiores de dezoito anos da comunidade, elegia quem formaria parte do governo local. Sua participação no governo local não era recompensada com um salário, mas com um complexo esquema de prestígio social. A rotatividade das pessoas no sistema de autogoverno era um elemento importante para garantir que toda a população que integrava as assembleias participasse desse governo local, evitando, assim, constituir uma classe governante. Portanto, todas as pessoas envolvidas no governo local durante um ciclo prestavam um tequio coletivo. Cada pessoa oferecia seu trabalho, estabelecendo uma relação recíproca com o coletivo. Como participar do governo local não se recompensava com dinheiro, e durante esse tempo estava-se sob o escrutínio constante da assembleia que decidia sobre as principais ações de governo, as pessoas buscavam argumentar contra o ato de serem eleitas em cada assembleia anual de eleição. Diferentemente de como funcionavam os partidos políticos do Estado-nação capitalista da época, as pessoas que compunham o governo local durante um período não fizeram campanhas para ativamente serem eleitas, muito pelo contrário: elas forneciam razões pelas quais não estariam em condições de oferecer esse serviço à assembleia. Poderíamos dizer que o governo local de cada comunidade igra (nômade ou sedentária) era antes um órgão coordenador que executava os desejos da assembleia. Desse modo, em plena Noite Capitalista, as comunidades igra mantiveram um governo-tequio que se opôs às lógicas do Estado-nação.

Para conseguir satisfazer os desejos coletivos e confrontar problemas comuns, a assembleia utilizava o trabalho coletivo gratuito, isto é, o tequio, como mecanismo fundamental para atingir seus objetivos. Se o desejo de uma comunidade igra era construir uma ponte, como aparece em um caso documentado nos arquivos, as pessoas integrantes do governo local coordenavam o tequio, que incluía também o fornecimento da matéria-prima. Em alguns casos, faziam-se contribuições econômicas para a compra dos materiais que tinham que ser adquiridos no mercado capitalista externo. Por outro lado, se houvesse uma emergência, o tequio também era um mecanismo para enfrentá-la. Encontramos evidências de uma das primeiras inundações do território igra, no começo do desastre climático; as comunidades igra se organizaram para fazer um tequio de duas semanas, com objetivo de salvar o maior número de pessoas possível e construir-lhes uma nova aldeia. Onde a ajuda do Estado chegou tardiamente, e ainda mal, o tequio resolveu o mais urgente. Desse modo, o próprio sistema de governo igra era o resultado de um tequio coletivo que, por sua vez, executava tequios para satisfazer desejos coletivos e resolver necessidades e emergências comunitárias. O tequio era a tecnologia social por excelência para a cultura igra. Com todas as evidências encontradas, podemos dizer, não sem grande surpresa, que o sistema de autogoverno das comunidades igra era bastante parecido com o funcionamento das comunidades atuais, com algumas diferenças que detalharemos a seguir.

    O sistema de governo das comunidades igra se desenvolveu em meio às pressões da Noite Capitalista, o que é ainda mais surpreendente, se considerarmos que conseguiram manter essas práticas nesse contexto. Essa mesma situação explica que sua organização e, em particular o tequio, não estava isenta das influências e pressões que o capitalismo exercia, encurralando a comunidade para esta interagir com o mercado e o Estado para certos fins. De fato, em um dos documentos encontrados, pode-se ler o lamento de uma anciã que se queixa, na forma de canto, do fato de que a população juvenil está deixando de lado as práticas das gerações anteriores e que, literalmente, "não oferecem mais sua mão e seu suor ao seu povo". Como explicamos anteriormente, esse verso fortemente nos sugere que essa doação de "mão e suor" ao tequio não tinha como ser nomeada diretamente na época. Devido a isso tudo, o sistema de governo e o tequio não foram mecanismos ideologicamente hegemônicos, diferentemente do que acontece hoje, quando a reciprocidade profunda, sem pressões de qualquer tipo, se constituiu como a base do equilíbrio no mundo atual. Que fique claro que o povo igra manteve suas práticas mesmo em meio aos poderes avassaladores da Noite Capitalista; isso é uma grande descoberta e uma façanha desse povo desaparecido. Lamentavelmente, sua resistência foi sepultada pelo oceano, que hoje cobre seu antigo território.

IV. A festa como tequio

Nesta seção, desejamos descrever muito brevemente a noção de festa como outra das manifestações do tunjënpet. A festa parece ter constituído um elemento fundamental de resistência, ainda que, lamentavelmente, tenhamos encontrado escassa documentação que nos detalhe a maneira como era levada a cabo e sua periodicidade. Mesmo carecendo de detalhes, os arquivos mostram que as festas coletivas do povo igra eram fundamentais como mecanismos de oposição ao capitalismo imperante. Cada festa podia ser considerada um tequio em si mesmo, um tequio orientado ao prazer, no qual o dinheiro ou as lógicas de mercado pouco intervinham. Se as festas, dentro da lógica capitalista, eram utilizadas para mostrar a riqueza e o poder de quem as organizava, a população igra as utilizava como um mecanismo de distribuição da riqueza para o prazer coletivo. As pessoas ou famílias que tinham mais alimentos ou melhor colheita levavam uma quantidade maior de insumos para os pratos que seriam servidos na festa; quem não tivesse excedentes, contribuía com trabalho, criatividade, música ou dança. Cada contribuição era igualmente celebrada, pois o fato de que uma família não pudesse levar grãos, por exemplo, não significava menos prestígio social, uma vez que sua contribuição na forma de tequio musical era tão essencial quanto os grãos para que a festa pudesse ser levada a cabo adequadamente. As festas, orientadas para o prazer, também liberavam as tensões sociais e os conflitos derivados dos intensos debates nas assembleias. Considerando que era preciso organizar a festa, constituía-se uma coordenação que, durante os dias nos quais aconteciam as celebrações, dispunha da distribuição dos trabalhos e das tarefas que também eram rotativas. A festa era concebida e funcionava também como um tequio. Há evidências de festas similares nas quais se priorizava igualmente a reciprocidade profunda, mas nas quais também, além do tequio, se exercia uma troca de dádivas e trabalhos. Se uma família festejava e outra ajudava nesse festejo, a primeira estava comprometida a corresponder depois na próxima festa da segunda família. Assim, as festas foram um importante elemento social no qual também se recriava o princípio de reciprocidade profunda.

V. Conclusão

Como vimos até aqui, no princípio do século 21, as comunidades do povo igra tinham o tunjënpet como princípio ordenador da vida familiar e social, algo semelhante ao que hoje nomeamos reciprocidade profunda. Apesar da época em que calhou de existirem, essas estruturas sociais minúsculas se opuseram ao sistema hegemônico e funcionaram com lógicas opostas ao capitalismo tardio. No entanto, não foram sistemas puros; as pressões próprias derivadas do macrossistema no qual aconteceu de viverem colocava esse tipo de prática em risco constante. O princípio de tunjënpet se manifestava como tequio e também como ajuda mútua entre pessoas e famílias. O valor que era dado à reciprocidade se materializava por meio do tequio: o tequio ritual era utilizado para oferecer dádivas em reciprocidade à terra e aos ecossistemas; o tequio também era utilizado para estabelecer relações recíprocas entre cada pessoa e a coletividade a que pertencia e era o mecanismo para realizar festividades. Em outras palavras, o povo igra praticava o tequio ritual para corresponder à natureza, o tequio como forma de governo e o tequio como festa. Essas práticas anticapitalistas em pleno século 21 não foram registradas antes com a claridade demonstrada pelas evidências que foram produto de nossa pesquisa coletiva. Como dissemos anteriormente, acreditamos que é justo que se reconheça e se faça justiça por esses povos esquecidos hoje, pois, no decurso de nossa pesquisa, fomos encontrando evidências desse mesmo tipo de práticas em outras regiões de nosso continente, codificado em outras línguas e com outros nomes; tudo parece indicar que não foi só o povo igra que teve como princípio a reciprocidade durante a Noite Capitalista, no entanto, esse tema segue pendente para pesquisas futuras, assim como alguns aspectos do sistema econômico igra, que, pelo jeito, também evidenciam princípios de tunjënpet.

O sistema de reciprocidade profunda que hoje ordena nosso mundo não surgiu exclusivamente depois do desastre climático, mas ainda em meio à corrida irracional do capitalismo que levou as sociedades humanas à destruição. Sementes de luz apontavam para caminhos e soluções distintas, e uma delas foi o povo igra do norte.

Verão, ano de 2275
Projeto: "O povo igra do norte. Século 21". Rede de coletivos de historiografia

Coordenado por:
Abi, Solei
Ayoop, Trise
Dollarga, Julio
Ene, Adi
Gil, Yásnaya Elena A.
Gondra, Gus
Juun, Gader
Mito, Mejy
Meles, Luste
Nanto, Indira
Questre, Yanda
Trizbea, Xëë
Yoots, Granter

Ukuza kukaNxele Ou O Tempo passa

Panashe Chigumadzi

Panashe Chigumadzi nasceu em Harare, no Zimbábue, em 1991, e cresceu na África do Sul. É ensaísta e romancista. Seu romance de estreia, *Sweet medicine*, ganhou o Prêmio Literário K. Sello Duiker de 2016. Seu segundo livro, *These bones will rise again*, um livro de memória histórica sobre a deposição de Robert Mugabe, foi indicado para o Prêmio Alan Paton de Não Ficção de 2019. Colunista do The New York Times e editora colaboradora do Johannesburg Review of Books, seu trabalho já foi publicado em periódicos como The Guardian, Chimurenga, Boston Review, Africa Is a Country, Transition, Washington Post e Die Ziet.

Tradução do inglês:
Beatriz Regina Guimarães Barboza

Algo,

o Tempo é já.

Mayibuye, iAfrika!¹

---

1 Segundo o dicionário de inglês sul-africano, essa frase — cuja primeira palavra é comum em línguas nguni (um agrupamento de línguas bantas faladas nos atuais territórios da África do Sul, da Suazilândia e do Zimbábue) — compunha um grito de guerra no Congresso Nacional Africano, significando "Volte, África!". (N.T.)

Algo, isso foi feito. O fogo está aceso. Multidões se reúnem.

Mayibuye, iAfrika!

Algo, a tensão e o alívio que sentimos ao observar as chamas lamberem o que sobrou da estátua de Rhodes. Nossos corações batem acelerados de euforia. Estamos libertando este país com nossos palitos de fósforo!

Mayibuye, iAfrika!

Algo, livros e pinturas reduzidas a cinzas. Gritos de horror de 1652[2]: "O fogo das legiões romanas invadindo o Egito, devorando os rolos de papiro da Biblioteca de Alexandria!". Gritos de deleite de 2000 a.C. versus 200 d.C.: "Bulauáio em chamas!".

Mayibuye, iAfrika!

Oyá! Ogum! Xangô! Estejam conosco!

Mayibuye, iAfrika!

Algo, as chamas reestabelecem a personalidade das coisas.

Mayibuye, iAfrika!

Algo, o fogo desta noite limpará a alma de quem for miserável. Limpará os Baas de sua Baaskap[3]. Limpará os Garotos e as Garotas de suas personalidades de Garoto e Garota.

Mayibuye, iAfrika!

As coisas que perdemos no fogo: o mito segundo o qual sempre perderemos. As coisas que ganhamos com o fogo: o saber de que podemos ganhar.

---

2   O ano, que será mencionado outras vezes, refere-se à data da colonização da África do Sul por holandeses. (N.T.)

3   Palavras do africâner. "Baas" se refere a qualquer homem branco, e "baaskap" à dominação que pessoas brancas exercem sobre outros grupos. (N.T.)

Mayibuye, iAfrika!

Algo, à medida que a Azânia queima, cada vez mais perto, gotas de suor se formam em nossas testas, a loucura de Camaradas. Chapamos com a fumaça? Ou chapamos com as alucinações da Azânia?

Mayibuye, iAfrika!

Algo, Camaradas servem uns goles de licor para amadlozi[4]. Não temos mais palavras para nos comunicarmos por termos nos assenhorado da língua do senhor. Libações por todas as pessoas revolucionárias, aquelas que, em suas curtas vidas, colocaram o mundo em chamas. E queimaram rápido, através de seus próprios espíritos, consumindo-se em uma lufada de fumaça.

Mayibuye, iAfrika!

Algo, a polícia chega, cercam-lhes rapidamente. Atiram em vocês porque são pessoas Negras?

Vocês são pessoas Negras porque atiram em vocês?

Bem-vinda, Negra.

Bem-vinda, Negra.

Bem-vinda, Negra.

Mayibuye, iAfrika?

Algo, vocês resistem enquanto lhes subjugam. Três camburões em que enfiaram estudantes e pessoas trabalhadoras.

Mayibuye, iAfrika?

O camburão engasga para ligar, mas depois ganha velocidade. Seus corpos colidem e batem nas laterais como garrafas soltas.

Soltem a gente! Parem! Gritam. Cantam. Choram.

---

4   Do zulu, espírito ancestral protetor. (N.T.)

Uma batida nas janelas. Há quem tenha presença de espírito, pegam seus celulares, postam:

#BrutalidadePolicial
#IntimidacaoPolicial
#MaxPricePelaVidaNegra
#ForaRhodes

Mayibuye, iAfrika?

Você fica em silêncio até chegar lá.

Mayibuye, iAfrika?

Um policial troncudo de 1652, com cara de apartheid, lhes puxa para fora. Alguns tentam lançar sacos com pedras. O policial de 1652 te pega.

— Você se acha foda, né? Vou te dar uma lição.

Mayibuye, iAfrika?

Camaradas cantando do lado de fora da delegacia.

Mayibuye, iAfrika?

O pessoal da advocacia está aqui. Vocês vão sair sob fiança em breve; apenas precisam fazer seus processos antes. Não vai demorar. Garantiram.

Mayibuye, iAfrika?

Está escuro agora. Camaradas ainda cantam do lado de fora da delegacia.

Mayibuye, iAfrika?

Não há mais canto. Tiveram que voltar para casa.

Mayibuye, iAfrika?

— Yhu, hayi[5]. — O Camarada Bae joga a toalha e se afasta da última advogada que resta. Brenda Marechera pega uma latinha de rapé, e, quando você olha, ela está

---

5 Em xhosa, uma das línguas bantas nguni, "ops, não". (N.T.)

espirrando. Vendo seu rosto de expectativa, ela te pega pelo queixo,

— Silinde ukuza kukaNxele[6].

8 de fevereiro de 2016. 20h15

— Silinde ukuza kukaNxele.

Brenda repete isso enquanto trancam o portão atrás de você e de mais quinze Camaradas na sua cela.

Durante o cárcere, você fica no pátio ao invés de ir até o recinto com o sanitário de aço. A parede de blocos de cimento ao lado tem longas marcas de merda, parecidas com dedos. Não que seja melhor do lado de fora. Instruíram-nos a buscar cobertores e colchões que também têm cheiro de merda. Você preferiria tremer de frio.

8 de fevereiro de 2016. 22h27

Enquanto vocês se arrastam devagar com seus cobertores e colchões de merda, Brenda Marechera subitamente se levanta.

— Gio-gio!

Vocês se levantam.

---

6 "Ukuza kukaNxele" é uma expressão que se refere ao aguardo de algo que nunca acontecerá, remetendo ao retorno nunca realizado do herói das guerras anticoloniais Nxele. (N.T.)

— Gio!
— Gio-gio!

Você escuta a voz do Camarada Bae vinda do final do corredor, juntando-se ao seu coro:

— Gio!
— Gio-gio!
— Gio!

Um coro agora.

— Gio-gio!
— Gio!
— Gio-mama-gio!
— Gio!
— Gio-ma-guerrilha!
— Gio!
— Gio-gio-gio
— Gio!
— Pamberi ne Chimurenga, pamberi![7]
—Pamberi!
—Pamberi ne hondo, pamberi![8]
— Pamberi!

Do Cabo ao Cairo
  Do Marrocos a Madagascar
    Azânia
     Azânia
      Azânia
       Azânia
        Azânia

---

7 Do xona, "Avante com a rebelião, avante!". (N.T.)
8 Do xona, "Avante com a batalha, avante!". (N.T.)

                    Azânia
                    Azânia
                     Azânia
                      Azânia
                     Azânia
                    Azânia
                   Azânia
                  Azânia
                 Azânia
                Azânia
               Azânia
              Azânia
           Do Cabo ao Cairo
       Do Marrocos a Madagascar
              Azânia
             Azânia
            Azânia
           Azânia
          Azânia
         Azânia
        Azânia
       Azânia
        Azânia
         Azânia
          Azânia
           Azânia
            Azânia
             Azânia

       Azânia
       Azânia
       Azânia
    Do Cabo ao Cairo
  Do Marrocos a Madagascar
       Azânia
       Azânia
       Azânia

8 de fevereiro de 2016. 23h04
    Sem paciência, depois de um tempo longo, como se fossem horas, guardas ordenam que vocês fiquem em silêncio.
    Vocês dançam em silêncio,
à memória do ritmo,
do ritmo da luta.
    Se a música parasse de tocar, vocês sobreviveriam ao silêncio?
    Quem sabe para onde vai o Nosso Tempo?
    Receio que teremos que esperar por essa resposta, ukuza kukaNxele.

O TEMPO PASSA

Quem sabe o que é o Tempo?

Pensamos que uNxele diria: mais que cronologia, mais que o meio pelo qual passamos, medido pela experiência do cotidiano e do extraordinário. O Tempo separa batidas do coração de morte, perguntas de respostas, lamentos de risadas, ódios de amores, opressões de liberdades. O Tempo separa batidas do coração de batidas do coração, mortes de mortes, perguntas de perguntas, respostas de respostas, lamentos de lamentos, risadas de risadas, ódios de ódios, amores de amores, opressões de opressões, liberdades de liberdades. O Tempo se precipita de forma impessoal e arrebatadora, estações ao longo de anos ao longo de décadas ao longo de séculos ao longo de milênios. O Tempo é elástico. Muda, soltando-se lentamente na descarga de tensões acumuladas há muito. É de ritmo e cadência fluida, a velocidade da luz, a lentidão geológica da formação de estalactites. O Tempo é o temperamental condutor de nossas vidas, escolhendo seu próprio compasso e força. Nos Tempos, não há linearidade, dá-se saltos inesperados para frente e para trás. Ele transcende seu próprio tiquetaquear. minuto, segundo, hora, tudo suspenso, permitindo-nos esquecer momentaneamente o Tempo. Tempo, o meio pelo qual vivemos, mesmo quando nos esquecemos da opressão de seu tiquetaquear nefasto.

Quem sabe para onde vai o Nosso Tempo?

Receio que teremos que esperar por essa resposta, silinde ukuza kukaNxele.

O TEMPO PASSA

Quem sabe para onde vai o Nosso Tempo?

Deve ir para quem pertence. As antigas divindades do Tempo bradam, Nosso Tempo não nos responde mais. Nosso Tempo obedece a Baas. Há mais ou menos quinhentos anos, o Tempo tem estado sob nova direção. As novas divindades do Tempo tentam dominar seu compasso e força, ditar seu ritmo e cadência. Em suas mãos, o Tempo se torna maleável, opressivo. As novas divindades do Tempo são caprichosas e ainda mais temperamentais. Em Tempos que aceleram nossos relógios, as mãos do Tempo giram na forma de um borrão, outros Tempos que as novas divindades poderiam parar completamente para habitar em um momento de suspensão. Sob as novas divindades, o Nosso Tempo chega e parte com as nossas vidas de forma imprevisível. Esse é o poder de uma divindade. As antigas divindades do Tempo bradam, Nosso Tempo não nos responde mais. Nosso Tempo obedece a Baas. Agora, Nosso Tempo funciona segundo regras que nunca conheceu antes, pelo menos não até a vinda das novas divindades através dos mares. Como símbolo de nosso desrespeito ao Tempo, chamam-no de Tempo Africano. Mas, me explique, como podemos respeitar o Tempo, se não é mais nosso? Como respeitarmos o Tempo, se ele não nos atende mais?

Quem sabe para onde vai o Nosso Tempo?

Receio que teremos que esperar por essa resposta, silinde ukuza kukaNxele.

O TEMPO PASSA

1816.

uNxele, nosso profeta, vê no passado o começo da ruptura do Tempo. uNxele diz que ela começa quando Thixo, deus das novas divindades do Tempo, entrou em conflito com Mdalidiphu, o Criador das Profundezas, deus das antigas divindades do Tempo. uNxele diz que as novas divindades do Tempo assassinaram o filho de seu deus. Raivoso e de coração partido, Thixo expulsou as novas divindades do Tempo de suas terras em direção à água, que, traiçoeira, trouxe para nossas terras as novas divindades do Tempo, que nos desapropriaram do Nosso Tempo. Infelizmente, uNxele diz, Mdalidiphu é um deus poderoso. Com o Tempo, Mdalidiphu ajudará suas divindades a reivindicar Seu Tempo. uNxele aconselha que as antigas divindades do Tempo venerem Mdalidiphu dançando, aproveitando a vida e fazendo amor, de forma que sua prole aumente e preencha o mundo. Ao escutar isso, as antigas divindades do Tempo bradam desesperadas: até quando teremos que esperar para que Mdalidiphu derrote Thixo? uNxele fica em silêncio. As antigas divindades do Tempo continuam a bradar: quando Mdalidiphu enfim derrotar Thixo, ainda restará Tempo?

Quem sabe para onde vai o Nosso Tempo?

Silinde ukuza kukaNxele.

O TEMPO PASSA

26 de junho de 1860.

O touro de ferro avança.

O berro do touro de ferro ressoa pelos ouvidos da Terra, anunciando um novo tempo sanguinário. Acorde! Um segundo soar da buzina da locomotiva, mais baixa e morosa, dispersa os últimos vestígios do sono. Uma terceira — mais alta, mais perto — bate em nossos corações.

O berro do touro de ferro alcança nossos espíritos confusos. uMandubulu, a grande coruja preta auxiliar de nossas ancestrais, costumava nos chamar: "Vuka, vuka, sekusile!". *Acordem, acordem, amanheceu.* O galo, auxiliar de nossas ancestrais, costumava cantar: "Woza la! Si lapha". *Venham aqui! É aqui que estamos!*

O berro do touro de ferro ressoa através de nossos espíritos, e uma sensação aterrorizante ecoa no fundo de nossos corações: aqui não é mais onde estamos. Onde está nossa ancestralidade? Onde está nossa descendência? Onde estamos? Em que Tempo estamos?

(Para nós) é tarde demais.
(Estamos) sem tempo.

O berro do touro de ferro tomou o lugar do canto do galo. Acordem! Não há amanhecer, apenas a noite escura. Venham! Estamos no inferno! O touro de ferro avança, nos levando sob seu jugo, nós, bestas encarnadas que são um fardo para a marcha do progresso da modernidade. Uma arma ressoa. Um sjambok[9] estala. Esse touro de ferro, o vagão de ferro do tempo, nos recruta. Lâmpadas tremeluzem. Um apito agudo e fino. Essa jaula de ferro do tempo nos encarcera e nos abate, levando-nos para as profundezasdasprofundezas onde há quem mais esteja: Inferno.

O touro de ferro avança.

A jaula de ferro desacelera. Ela para. Vamos para as minas, rapazes, pulem.

O TEMPO PASSA

8 de fevereiro de 2016. 12h18.
— Amandla[10], Camaradas.
— Amandla!

---

9   Chicote pesado, por vezes feito com pele de rinoceronte ou hipopótamo, mas também de plástico ou borracha. (N.T.)
10 Do xhosa e zulu, "poder", "força". Grito de guerra utilizado por grupos de libertação, como o Congresso Nacional Africano. (N.T.)

Brenda detém o recinto e abre espaço para outro Camarada. Você o reconhece do Twitter por sua boina de Amílcar Cabral; é o Camarada Bae.

Você se atrasou. Brenda fica em pé junto a quem se dirige a um grupo de Camaradas reunido do lado de fora da Casa Azânia.

— Amandla, Camaradas.

— Amandla!

— Camaradas, não podemos tolerar esta situação. É inaceitável. Já se passou uma semana do ano acadêmico e ainda não conseguiram resolver a questão de moradia. Deram-nos residência temporária com a promessa de uma resolução até o fim da semana. Por fim, vieram com sua própria decisão: recebemos o comunicado que dizia que deveríamos desocupar tudo e voltar para nossas casas até o fim do final de semana.

— Com que dinheiro? Asinamali![11]

— Vele, Asinamali![12]

— Amandla, Camaradas.

— Amandla!

— Camaradas, quando decidiram demolir a Residência Barnato para construir um estacionamento, avisamos que a moradia seria uma questão. Ignoraram-nos porque sabem que suas próprias crianças moram nos subúrbios e apenas se preocupam com onde vão estacionar seus carros de luxo, comprados com dinheiro roubado!

— Izwe![13]

---

11   Do zulu, "Não temos dinheiro". (N.T.)
12   Do zulu, "Enfim, não temos dinheiro". (N.T.)
13   Do zulu, "Terra", "mundo". (N.T.)

— Quantas reuniões, Camaradas? Quantas cartas? Quantas ocupações? Quantas negociações tentamos? Os palpites que tiverem, Camaradas, são tão bons quanto o meu.

— Buwa!

— Camaradas, parece que não conseguem nos entender — nós, os povos nativos — quando imploramos e rogamos e choramos, mesmo que seja no inglês deles. Qual língua precisamos usar?

— Buwa!

— Camaradas, tentamos falar gentilmente, mesmo no inglês deles, mas vimos que Baas simplesmente fechou seus ouvidos, nos despejou e disse que nós, pessoas nativas, deveríamos voltar para nossas periferias e nossos bantustões!

— Izwe!

— Camaradas, acabou o tempo de conversa.

— Izwe Lethu![14]

— Camaradas, nos deixaram sem escolha, vamos ter que resolver com nossas próprias mãos. Precisamos reivindicar a Azânia! Amandla, Camaradas!

— Amandla!

— Mayibuye!

— iAfrika!

— Mayibuye!

— iAfrika!

— Mayibuye!

— iAfrika!

---

14 Em xhosa e zulu, "Nossa terra". (N.T.)

O TEMPO PASSA

21 de agosto de 1791
Cécile Fatiman, suma sacerdotisa do Vodu, evoca ancestrais e comanda sua descendência: Revoltem-se contra as novas divindades do Tempo! O Tempo de seu povo, que há duzentos anos construiu Saint Domingue, exportador de 60% do café e 40% do açúcar do mundo. Sob a condução de Touissant Louvetre, lutaram por seu Tempo. Derrotaram as tropas de Napoleão. Parece que as antigas divindades do Tempo estão livres! Elas são as divindades do Tempo novamente! Em todo o Atlântico, essa derrota foi tão singular, será que mais alguma é possível? A que custo?

O TEMPO PASSA

8 de fevereiro de 2016. 20h39
Vocês agradecem pela presença de mais Camaradas. Não sabem como vão sobreviver a sós a esta merda toda. No centro de detenção, tentaram colocar-lhes em celas individuais. Isso depois que vocês, Camaradas, objetaram ao encarceramento por grupos segundo gênero — sexo, como vocês apontaram —, mas o pessoal não

quis dar ouvidos. Apenas faziam seus trabalhos, o que não incluía essa Decolonização Deveras por que vocês, crianças mimadas da Modelo C[15], saem botando fogo por aí porque são ingratas. Protestem, sim, compreendemos que é uma causa nobre, mas por que precisam incendiar? Especialmente as bibliotecas. Tínhamos disciplina em Nosso Tempo. Só porque vamos para aquela universidade, não significa que sejamos da Modelo C! Algumas pessoas entre nós vivem na mesma comunidade que vocês. E onde vocês estiveram quando protestamos pacificamente? Fazemos isso por nossas crianças! Tanto faz. Quando, por fim, sugeriram as celas individuais, vocês se resignaram e concordaram com o binário colonial de sexo-gênero por temerem pela sua segurança.

O TEMPO PASSA

7 de setembro de 1978. 23h05
Sindisiwe está atrasada, seu Tempo chegou. É um domingo; esperamos para enterrá-la no próximo sábado. Baas disse: Uma morte de Tempo inoportuno. Sim, ela

---

[15] Na história de segregação racial da África do Sul, as escolas públicas de Modelo C eram as que costumavam ser para crianças brancas, depois passaram a ser mistas. Geralmente são consideradas melhores que as escolas das periferias. (N.T.)

ainda era um bebê da Mama. Baas não a escutou, continuou: Vocês morrem que nem moscas. Vão enterrá-la no final de semana, não no Meu Tempo. Ela chora: Será que algum dia enterrarei no Meu Tempo?

O TEMPO PASSA

8 de fevereiro de 2016. 20h45
— Ele ia me matar, então meti a faca nele. O guarda prendeu ele e eu quando fiz a denúncia — disse a mulher, outra mulher com quem você e mais dezesseis dividem a cela. Desgrenhada, ela parece ter vinte e poucos anos.

O TEMPO PASSA

4 de junho de 1994
Uma senhora permanece reticente em uma fila, sua bisneta a segurando, sustentando o seu peso. O novo Departamento de Assuntos Internos está emitindo novos papéis que trazem as pessoas ao Tempo. Impaciente, a pessoa que trabalha ali pergunta de novo à mama em que ano ela nasceu.

— Abazali bam bathi ndazalwa ngomnyaka weenkumbi[16] — ela diz.

Quem a atende pergunta impacientemente de novo:
— Heh, o ano da Lagarta?
— Sim — a mulher responde. — Andinalwazi ncam ngoba sasithiywa ngokweziganeko, kodwa kuthwa sisganeko esehla kufuphi kunemfazwe yehlabathi yokuqala[17].

— Quer dizer que esse ano da lagarta pode ter sido antes da Primeira Guerra Mundial? É isso que você está dizendo?

Não é estarrecedor que ela ligue a ocorrência com a tolice dos homens brancos?

É por isso que ela estava reticente; tinha previsto esse problema, que não entenderiam o Tempo dela. Ela de fato tentou explicar que, no seu tempo, as crianças e os anos eram nomeados segundo Iziganeko, o sistema de Amaqaba, das pessoas não convertidas, mas não tinham tempo para escutar sobre essa forma estranha de fazer as coisas. Então, deram-lhe o dia 1º de janeiro de 1908.

O TEMPO PASSA

---

16 Do xhosa, "Meus pais disseram que nasci no ano do gafanhoto". (N.T.)
17 Do xhosa, "Não sei bem, porque foi nomeado por causa de eventos, mas diz-se que aconteceu pouco depois da Primeira Guerra Mundial". (N.T.)

Dezembro de 1971
Região ocidental, Nigéria. O homem morreu.

O TEMPO PASSA

Abril de 1970.
Prisão Central de Pretória. Prisioneira 1323/69 toma uma decisão. Ela não vai mais ficar na solitária. Ela não vai poupar camaradas da dor do confinamento contínuo. Suicídio revolucionário. Não há método melhor para chamar a atenção do mundo para o terror do Ato de Terrorismo.
Quando prenderam Tata, ela já tinha tomado outra decisão:
— Vou lutar contra eles até minha última gota de sangue. Vou lutar contra eles e não vou deixar que me destruam. Jamais deixarei que me destruam. Vou ser quem meu pai me ensinou a ser. Saberão quem eu sou pelo meu nome: Zanyiwe Madikizela.

O TEMPO PASSA

3 de março de 2013. 5h01

Um grupo de ciclistas quase atropela Lerato. Ela não viu que estava na faixa de bicicletas. Ela está correndo para chegar à fila do ônibus intermunicipal. Já paira um ar monótono de derrota sobre as pessoas que esperam para entrar. As filas de transporte nas manhãs de segunda-feira são um anticlímax depois dos excessos do final de semana. Alguém na fila pergunta: Quando é que o ônibus virá A Tempo?

O TEMPO PASSA

1950 e alguma coisa

Achebe se senta à sua mesa, febril de desejo, aquele familiar, de retirar das trevas a que foi relegado, pelas novas divindades, o Tempo das antigas divindades. Achebe precisa emprestar Tempo das novas divindades do Tempo para preservar o Tempo quando a antiga divindade do Tempo governava seu Tempo. Quando Achebe não está à sua mesa, ele tem essa vontade de acelerar através das partes intermediárias dos negócios da vida e do negócio de preservar o Tempo. Ele anseia pelos impossíveis momentos quando, na escrita, ele se torna uma divindade menor do Tempo: Achebe se torna o autor do Tempo: do presente, do pretérito mais-que-
-perfeito, do futuro, do pretérito imperfeito, do pretérito

perfeito, do futuro do presente, do futuro do pretérito. Achebe se torna uma divindade menor, interrompendo e preservando o Tempo: uma divindade de um passado, um presente e um futuro que podemos revisitar de um modo que nunca será possível para o Nosso Tempo. Achebe se torna uma divindade menor com a habilidade de conjurar um Tempo mais longo que a vida de qualquer pessoa à medida que ele conjura gerações e linhagens. Achebe se torna uma divindade menor ao criar um novo compasso para o Tempo: concedendo um capítulo para um dia, ao mesmo tempo que não gasta nem uma sentença inteira para um século. Achebe se senta à sua mesa e dispende segundos horas dias meses anos de seu Tempo finito, emprestado das novas divindades, para que possa escrever-lhes em resposta e recuperar a dignidade das antigas divindades do Tempo. Quantas pessoas mais farão essa negociação?

O TEMPO PASSA

9 de fevereiro de 2016. Depois da meia-noite
Você sente cansaço agora, assim como Camaradas e Pinky também sentem. No final do corredor, você escuta alguém sussurrar "Tenho cigarros" para quem quer que esteja ouvindo. Você pede um pouco de rapé para Brenda. O grande espirro, como sempre, faz você

sentir certo conforto. Você se encolhe e puxa os joelhos contra o estômago. Você se vira, encara a marca de merda no bloco de cimento, tenta dormir, encurtar o suplício. Você escuta Camaradas continuarem.

O TEMPO PASSA

26 de fevereiro de 1946
Malcolm Little no começo de seu Tempo nas prisões estaduais de Massachusetts. O começo de seis anos e meio é a primeira vez em que ele tem Tempo para ficar parado. Para refletir, contemplar e cultivar o espírito que transformará Little em X. Quando é que homens como ele terão tempo para ficar parados?

O TEMPO PASSA

12 de janeiro de 2010
Um terremoto no Haiti. Engole terra, prédios, o povo de Fatiman. Quase ao mesmo tempo em que a terra se partiu, espalharam-se a confusão, os corações partidos e o apontar de dedos. No dia seguinte, o pastor estadu-

nidense Robert Patson acredita que seu deus lhe deu uma resposta. Não se deve culpar o Vodu. Cometeu-se um pecado maior que o paganismo. Pois veja, o demônio voltou para os povos de Fatiman e Touissant, os únicos que reivindicaram seu Tempo. Mas, no final das contas, vemos que não tiveram realmente sucesso. Seu Tempo foi emprestado do demônio, que agora voltou para cobrá-lo. As pessoas acenam e choram. De fato, a derrota foi tão singular em todo o Atlântico que não podia ser verdade. As pessoas acenam e choram. Alguém poderá reivindicar seu Tempo um dia?

O TEMPO PASSA

Em algum momento. 9 de fevereiro de 2016
— Afrika Bambaataa surfou na onda Hotep ao escrever África com um k, pegando o nome de um chefe zulu e uma iconografia egípcia para usar no logo da equipe!
— Jura?
— Preciso de respostas!
— Você não tem respostas!
— Quem quer começar a lista definitiva de afiliações tribais favoritas da Hotep?
— Podemos começar com a Núbia.
— Daí Zulu.
— Daí Xhosa—

— Não é Tosa, como K-Dot fala?

— Você está falando de Kendrick, quando Xhosa e Zulu se chamavam Crips e Bloods?[18]

— Minha ancestralidade lamenta sua falta de representação!

— Deixe K-Dot em paz. Ele estava inspirado. Ele tinha acabado de voltar da Mátria!

— Ele tinha que ter vindo para a Mátria para se inspirar em mim. Eu teria lhe mostrado suas raízes.

— Olá, Kunta Kinte.

O TEMPO PASSA

Julho de 1898

Prisão de Salisbury. As tropas de Rhodes não sabiam. Sim. Sim, tem quem diga que alguém que é médium é como uma sacola vazia depois que o espírito deixa o corpo. Durante a primeira guerra contra as tropas de Rhodes, possuí Charwe. Falei em meu nome, Nehanda Nyamhita Nyakasikana. Depois de várias batalhas naquela guerra, as tropas de Rhodes me capturaram.

Nos trouxeram para cá, para a prisão de Fort Salisbury, nos colocaram contra a parede e tiraram fotos.

---

18 Nomes de gangues de rua de Los Angeles, majoritariamente afro-americanas, rivais entre si, para as quais Kendrick Lamar fez um apelo de paz, através do Reebok Ventilator, que surtiu efeito. (N.T.)

— Olhem só, sua grande bruxa é apenas de carne e osso, que podem ser cortados e cuspidos. Onde é que está o espírito agora?

Me provocaram, me chamaram de bruxa. Dancei, cantei, gritei, ri e disse a verdade para as tropas de Rhodes.

— Vocês podem ter vencido a primeira guerra, mas vocês não vão permanecer, nem mesmo o tanto que permaneceram os portugueses!

Mandaram o Richardtz para me converter. Dancei, cantei, gritei, berrei e ri de Jesus.

— Como é que o filho do deus de vocês vai me salvar desse inferno de que vocês falam? Como é que o filho do deus de vocês pode prometer vida após a morte se nossa ancestralidade vive em nós agora?

Naquela plataforma, anunciei aos brados que meus ossos se levantariam novamente.

Mapfupa achamuka![19]

Cantei nossa liberdade quando colocaram o saco preto em minha cabeça. Continuei cantando quando a corda quebrou meu pescoço e a canção carregou o meu espírito através do Tempo, me levou de volta para as grandes águas de nossa ancestralidade. As tropas de Rhodes não sabiam. Como elas saberiam?

O TEMPO PASSA

---

19   Do xona, "Os ossos vão se levantar!". (N.T.)

1803

O povo Igbo decidiu acabar com o medo do Tempo. As novas divindades do Tempo lhes arrancaram de suas terras e botaram em uma embarcação para o Novo Mundo, que escraviza as antigas divindades. Resistência! As antigas divindades do Tempo roubam o navio. Ao desembarcarem nas praias das Sea Islands da Geórgia, as antigas divindades não podiam voltar atrás. Se o fizessem, as novas divindades do Tempo escravizariam o seu Tempo para sempre. Criam expectativas sobre a forma como poderiam reivindicar seu Tempo. Olham bem para a amplitude das ondas do mar que avançam e recuam na orla da praia, vida e morte em um ritmo como aquele, veem a indiferença do mundo ao começo ou ao fim da vida e pesam-na segundo suas preocupações. Olham bem para o mar e imaginam como vão reivindicar seu Tempo da indiferença do mundo. Olham bem para o mar e imaginam como vão fazer seu Tempo se render e deixar-lhes em paz. Olham para a Morte com nitidez nos olhos, confrontando a persistência de seu Tempo com a inevitabilidade da morte. As antigas divindades olham para a Morte, escolhem-na, andam na direção do mar. De volta para a África, novamente divindades, sem mais ter medo do Tempo. Teremos tamanha nitidez para enxergar um dia?

O TEMPO PASSA

Em algum Tempo.
— Aluta continua[20], Camaradas.
— Já eu, me cansei.
— Umzabalazo[21] isso, Umzabalazo aquilo.
— Prevalecendo.
— Superando.
— Que se foda a porra toda.

O TEMPO PASSA

No meio da noite. 9 de fevereiro de 2016
— Abraão, contra toda a esperança, na esperança creio eu.
— Tudo sofro, em tudo creio, tudo espero, tudo suporto.
— Caramba, quando Paulo não estava sendo dogmático e homofóbico, ele escreveu umas coisas bonitas.
— Te escuto se você me contar sobre ancestrais, mas não essa merda sobre o Jesus de gente branca.
— Estou esperando pelo dia em que Mdalidiphu derrotará Thixo.
— Izwe.

---

20 Como grito de guerra de resistência, a frase foi tomada do português e escrita dessa maneira, aglutinando "a" e "luta". (N.T.)
21 Do zulu, "lutar por". (N.T.)

O TEMPO PASSA

Em algum Tempo.
    — Negra?
    — Sim.

O TEMPO PASSA

Em algum Tempo.
    — O que eu quis dizer é que a fé na Negritude é necessariamente teológica… Pelo menos para mim, enfim.

O TEMPO PASSA

Em algum Tempo.
    — Kana, o que foi que Fela disse?
    — Quem sabe, não sabe, vá saber.

Em algum Tempo.
— Angazi, não tenho grandes esperanças. Tudo o que eu tenho é pequeno. Às vezes é apenas ir cantar com Camaradas na Casa Azânia, terminar um poema em que estive trabalhando por um tempo... ou... o programa *Sete cores* no domingo, Wilson B. Nkosi bombando o dia todo, minha namorada fazendo retwist nos meus dreadlocks, pegar no sono e acordar no colo dela... Não sei... Não... Mas tenho certeza, Angazi, se eu não tivesse esses pequenos prazeres, ficaria louca.
— Está dizendo que somos tudo gente louca, Brenda?
— Ai, Lumka, você sabe o que eu quis dizer, cara... Se eu não tivesse essas coisas, eu talvez decidisse acabar com tudo.

Em algum Tempo.
— A Negritude ainda não está aqui.

O TEMPO PASSA

Em algum Tempo.
— Mayibuye iAfrika?
— Silinde ukuza kuka Nxele.

O TEMPO PASSA

11h07. 9 de fevereiro de 2016
Vocês estão livres, deixam Pinky para trás, em sua cela com marca de merda. Por dois dias, você se enfia em seu quarto.

O TEMPO PASSA

1819
eRhini. O lugar conhecido neste Momento do Tempo como grahamstown. uNxele, nosso profeta, vê no futuro a vinda das novas divindades do Tempo. Lá vem elas! Atravessaram iQagqiwa e cruzaram iNqweke, só mais um rio, iNxuba, e logo chegarão às nossas terras. O que será de vocês, então? uNxele guia Seu Povo em uma ofensiva diurna contra as novas divindades do Tempo, que, vitoriosas, declaram que a história não estará do

lado dele naquele Momento do Tempo. As novas divindades sentenciam uNxele ao Tempo, lá ele se senta em sua cela, no lugar conhecido neste Momento do Tempo como ilha Robben. De saco cheio, o impaciente uNxele e rebeldes da fronteira escapam! Para a orla da praia! As águas que trouxeram o fim de Nosso Tempo, traiçoeiras novamente, emborcam seus barcos. Guiando rebeldes à praia, uNxele afunda. Seu Povo preserva os seus pertences, recusando-se a acreditar, aguardam pelo Seu Retorno. Quem sabe para onde vai o Nosso Tempo? Receio que teremos que esperar por essa resposta, silinde ukuza kukaNxele.

O TEMPO PASSA

1873.
    O Povo de uNxele joga fora os pertences de uNxele, conformam-se que o Tempo não é mais dele. Quem sabe para onde vai o Nosso Tempo? Alguém pergunta. O silêncio responde. Buza uNxele, alguém sugere, por fim. Assentimos com a cabeça, uNxele é nosso profeta afinal de contas. Sim, decidimos que vamos esperar por uNxele. Silinde ukuza kukaNxele. Mas não sabemos se essa espera é nossa maturidade ou covardia, ou a maturidade da covardia, ou a covardia da maturidade. Talvez se o profeta retornasse para responder, ele diria: Nosso

Tempo é engolido pelos buracos negros do universo, que está em contínua expansão, propenso a roubar Nosso Tempo. Aprenderam a dar de ombros e dizer: Quem sabe para onde vai o Nosso Tempo? Receio que teremos que esperar por essa resposta, silinde ukuza kukaNxele.

O TEMPO PASSOU

Em algum Tempo.

Ukuza KukaNxele. Talvez nesse dia, se uNxele, nosso profeta, afinal, souber para onde Nosso Tempo vai, ele nos dirá Quando Ele Voltar. Se uNxele, nosso profeta, afinal, souber para onde Nosso Tempo vai, saberá ele se podemos consegui-lo de volta, recuperá-lo, comprá-lo de volta, reivindicá-lo, torná-lo Negro? Todo o Tempo que se passou? Quem sabe para onde vai o Nosso Tempo? Receio que teremos que esperar por essa resposta, silinde ukuza kukaNxele.

Que diabos são commons?
Mithu Sanyal

Mithu Sanyal nasceu em Düsseldorf, na Alemanha, em 1971. É historiadora cultural, jornalista e autora especializada em cultura popular, estudos decoloniais e feminismo. Em 2009, publicou o livro de não ficção *Vulva: die Enthüllung des unsichtbaren Geschlechtse*, em 2016, *Vergewaltigung: Aspekte eines Verbrechens*. Em 2021, publicou seu primeiro romance, *Identitti*, que foi finalista do German Book Prize e recebeu o Ruhr Literature Prize e o Prêmio Ernst Bloch de 2021. Escreve para diversos canais de comunicação alemães.

Tradução do alemão:
Augusto Paim

> *"Vai parar na cadeia segundo a lei criminal*
> *Quem roubar o ganso da terra comunal.*
> *Mas ao maior vilão de todos ela dá descanso:*
> *Aquele que rouba a terra comunal do ganso."*
>
> (Canção inglesa de protesto, de cerca do século 17)

A primeira vez que ouvi falar em commons foi na Grã-Bretanha. E "ouvir" é a palavra certa, pois lá qualquer lugar se chama assim: Clapham Common, Wimbledon Common, Mungrisdale Common, Hay Common... Localidades que de common não têm mais nada. Vou explicar!

O *Doomsday book*[1] já menciona a existência dos commons na Inglaterra: eram terras de uso comum onde as pessoas que ali viviam plantavam legumes, colocavam para pastar os animais, juntavam lenha e escavavam turfa. No entanto, logo no século 12, tiveram início os enclosures, ou seja, o cercamento e a privatização dessas

---

[1] Em 1086, o rei Guilherme I — mais conhecido como Guilherme, o Conquistador — ordenou a realização de um levantamento fundiário no qual foram listados todos os súditos e suas posses passíveis de tributação — ou seja, imóveis e terras. Surgia assim o chamado *Doomsday book*.

terras comunais pelos lordes e grandes proprietários. (Há de se perguntar como foi, afinal, que se tornaram grandes proprietários...) O processo começou lentamente, mas ganhou velocidade quando, com o início da industrialização, os commons deixaram de ser meras terras e viraram um capital concretamente calculável: se eu tenho uma quantidade x de ovelhas, isso dá, em meio ano, um número y de sacos de algodão... Por conseguinte, ovelhas são mais lucrativas que commoners, ou seja, que as pessoas, nos commons. Para dar certa aparência de legalidade ao assunto, o parlamento britânico decretou inúmeras Leis de Cercamentos — as Enclousure Acts de 1773, 1845, 1846, 1847, 1848, 1849, 1851, 1852, 1854, 1857, 1859, 1868, 1876, 1878, 1879, 1882 —, contra as quais os commoners resistiram em número ainda maior.

Eu sempre me perguntei por que os grandes movimentos por justiça social no Reino (Des)Unido tinham nomes tão pitorescos: levellers e diggers. A resposta é que os levellers derrubavam as cercas e nivelavam (levelling) as valas que impediam o acesso aos commons, ao passo que os diggers continuavam lavrando (digging) as terras do common ilegalmente, mesmo sendo importunados pelos proprietários através de bandos armados e, quando isso não dava nenhum resultado, através do exército — o que ocasionava insurreições, que, por sua vez, faziam com que o governo interviesse com mais severidade, e por aí vai.

As enclosure riots, as rebeliões contra os cercamentos, representaram os principais protestos sociais dos séculos 16 e 17. Afinal de contas, tratava-se de defender uma forma completa de viver. Karl Marx diz que os enclosures e a destruição violenta da economia dos commons foram a condição prévia para a existência do capitalismo, pois assim surgiu uma classe de pessoas que, não conseguindo mais viver de maneira subsistente, perdeu suas raízes e se viu obrigada a vender sua força de trabalho no mercado. Até meados do século 19, o que restou dos commons foi basicamente os nomes das localidades, nos quais a dor dos enclosures ainda reverbera através dos séculos.

Eu fiquei espantada quando soube disso. Como assim? Então o fato de não termos direito à terra na qual vivemos em algum momento não foi algo dado como lógico? O segundo choque foi descobrir que é claro que também havia commons na Alemanha — o que pensava eu ser o motivo das Guerras dos Camponeses no século 16? Só que por aqui eles se chamavam *Allmenden* (do termo *Allgemeinde*, oriundo do alemão da Alta Idade Média) e foram apagados da memória coletiva com tanto sucesso que a maioria de nós sequer conhece o nome. Ok, posso estar sendo um pouco injusta, afinal, ainda existem Allmenden nas regiões alpinas, em partes da Baviera e na Suíça, mas isso mostra o quanto pessoas como eu estamos apartadas dessa tradição, a ponto de — como em tantas outras áreas de conhecimento — fazermos uso de discussões e teorias em inglês. A consequência disso é que até mesmo aqui estejamos falando em commons em vez de em Allmenden.

Mas voltando ao meu primeiro estarrecimento: o que colocou minha visão de mundo de cabeça para baixo foi a ideia de que o espaço público, a água que bebemos e o ar que respiramos pertencem a todos nós. Por que até então eu tinha acatado exatamente o oposto sem contestar? Mesmo que eu venha lutando contra os impactos disso desde que me conheço por gente... Quer dizer, não lutando como os levellers e os diggers, que arriscaram suas vidas, mas mais no sentido de quem envia uma carta ácida ao jornal ou escreve textos como este aqui. Minha primeira iniciativa civil foi nos anos 1980, quando a Bienal Alemã de Jardinagem e Paisagismo estava vindo para Düsseldorf e a administração da cidade decidiu transformar o Volksgarten — nosso "Jardim do Povo" — em um parque gigante chamado Südpark. Dessa iniciativa civil faziam parte pessoas que tiveram suas hortas urbanas desapropriadas, vizinhas e vizinhos indignados porque o parque, até então de livre acesso, agora seria cercado por uma grade e teria entrada paga, bem como estudantes como eu, que protestavam porque o Volksgarten passaria a ser fechado à noite e não teríamos mais nenhum lugar para nos encontrarmos com nossos crushes depois da escola. Nas nossas petições, explicamos o quão severamente as *consequências* dessas medidas nos atingiriam, mas não tivemos a ideia de *fundamentalmente* colocar em questão o *direito* da prefeitura de nos tirar, assim no mais, nosso Volksgarten.

Em 1893, as trabalhadoras e os trabalhadores das siderúrgicas do bairro de Oberbilk, em Düsseldorf, morriam feito moscas com as rotinas exaustivas. Em vez de construir mais áreas habitacionais ou uma canalização que prestasse, foi criado na cidade o Volksgarten. O parque por si só já serviu para aumentar significativamente a expectativa de vida de quem morava no bairro. A poluição do ar e as condições de trabalho continuavam dramáticas, mas fez uma diferença gigante o fato das pessoas agora poderem olhar para árvores e flores e terem um gramado para sentar. Ok, mais tarde foram instalados chuveiros públicos para as pessoas se lavarem, depois também foi construído um hospital, mas não se deve subestimar os benefícios por si só de um common ground, uma terra compartilhada — mesmo que ali não se possam cultivar legumes.

A planta mais antiga já encontrada em um povoamento humano tem vinte e três mil anos. Ela parece um pouco com uma pequena margarida. Não é comestível, não tem nenhuma função medicinal, e mesmo assim havia uma quantidade enorme delas no mar da Galileia. Por quê? Provavelmente porque as pessoas as achavam bonitas. A beleza tem um efeito não só sobre a nossa psique, mas também sobre o nosso sistema imunológico, de maneira direta. Quem vive em bairros com pouca natureza desenvolve mais problemas cardiovasculares, algo que não pode ser explicado pela poluição do meio ambiente. E parques e jardins comunitários não são importantes apenas para a saúde: eles reduzem a criminalidade, inclusive com mais eficácia que câmeras de vigilância. Porém somente sob uma condição: que não estejam cercados por grades intransponíveis. Porque, do contrário, as pessoas tendem a despejar lixo — provavelmente como reação a se sentirem segregadas —, ao passo que, quando há tocos de madeira ou muretas para se sentar, essas áreas verdes se transformam em pontos de encontro social, aumentando o sentimento de responsabilidade sobre o local. E isso não vale apenas para espaços urbanos, é algo global. Por exemplo, ao construir jardins em campos de refugiados, a instituição de caridade Lemon Tree se surpreendeu que 70% das pessoas decidiram cultivar flores, mesmo passando fome. A beleza, afinal, é algo tão urgente para nossa sobrevivência quanto a alimentação. A escritora George Sand já conclamava: "providenciem luxo para todos (...). Já que vocês não têm escolas, então acessibilizem jardins e teatros gratuitamente para todo mundo, façam concertos e festivais de graça, inaugurem museus gratuitos"[2].

Durante os preparativos para a Bienal de Jardinagem e Paisagismo, chegamos a exigir que ela não acontecesse. Sem sucesso, o que até foi bom. Mas ao menos evitamos a colocação de uma grade em volta do Volksgarten. Com isso, o parque continuou sendo o coração do bairro, no mais verdadeiro sentido da expressão *the park of the people* — pessoas essas que, nos seus gramados, bebem chá de samovar, fazem churrasco e presenteiam com comida os passantes. No Volksgarten, não se pergunta se é permitido pisar na grama. É um lugar onde todo mundo pode estar onde quiser, e isso é especialmente importante diante do fato de que, fora do parque, muitas pessoas só vivenciam essa liberdade de maneira restrita. Afinal, Oberbilk é um bairro no qual é legal a prática

---

[2] George Sand, *Reverie à Paris*, publicado originalmente em 1867 sob o título *Luxury for all*, com tradução e introdução de Gideon Fink Shapiro. In: Places Journal, janeiro de 2022.

de racial profiling, ou seja, abordar e revistar pessoas independentemente de serem suspeitas. A polícia tem um termo técnico para isso: locais de má fama e periculosidade. O problema é que a periculosidade, no caso, é o alto índice de migrantes, o que ocasiona o racial profiling... Ou seja, um pensamento circular que faz com que o espaço público não tenha nada de common ground.

Eu concordo quando Marx diz que os enclosures tinham que entrar para os livros de história como um dos grandes crimes contra a humanidade. Ao invés disso, afirma-se que os cercamentos foram necessários para tornar a agricultura mais eficiente e produzir alimentos para a população que crescia. Mas alimentar com o quê? Com o algodão das ovelhas? Por acaso algum lorde fez sopa comunitária e distribuiu pão e rosas à população?

Quase mais cínico ainda — embora numa corrida disputada cabeça a cabeça — é a teoria do ecologista Garrett Hardin, que, em 1968, escreveu o influente artigo *The tragedy of the commons*[3] (baseado no panfleto homônimo do economista William Forster Lloyd, de 1833). Apesar dos commons terem funcionado muito bem durante séculos (talvez milênios), Hardin defende que estavam fadados ao fracasso. Ele ilustra o argumento da mesma forma que Lloyd havia feito antes dele, com o exemplo de uma hipotética pastagem onde cada morador de um vilarejo abrigaria dez ovelhas. Hardin chega à conclusão de que todos os moradores acabariam levando uma décima primeira ovelha, e então mais uma, porque o lucro lhes

---

3   Garrett Hardin, *The tragedy of the commons*. In: Science, New Series, v. 162, n. 3859, dezembro de 1968.

beneficiaria individualmente, mas os custos (menos pastagem para o rebanho) teriam que ser assumidos por todos — até o momento em que inevitavelmente acabasse o pasto. É essa a "tragédia dos commons". Deixemos de lado o fato de que os commoners bem que podiam conversar entre si e chegar a acordos para o benefício de todos e da pastagem; o mais instigante é a ideia de que todos nós seríamos movidos pela cegueira do interesse próprio e de que só um Leviatã superpoderoso do Estado poderia nos impedir de passarmos o tempo todo sendo violentos uns com os outros e nos explorando mutuamente.

Temos uma visão de mundo semelhantemente fatalista em relação à natureza. Robin Wall Kimmerer, professora de ciências do meio ambiente e estudiosa dos povos nativos dos Estados Unidos — ela mesma uma cidadã Potawatomi — deu aos seus estudantes, no início da disciplina de ecologia, um questionário, no qual deveriam avaliar a interação entre seres humanos e meio ambiente. Todos os duzentos presentes declararam que nossa espécie é danosa para a natureza, que a destruímos, exaurimos, causamos mudanças climáticas, envenenamos o solo, poluímos a água.... Uma lista que já nos é bem conhecida. Mais abaixo, no questionário, era preciso assinalar as interações positivas entre seres humanos e meio ambiente. A resposta: nenhuma. Kimmerer ficou espantada, porque seus estudantes não conseguiram sequer *imaginar* como poderia ser uma interação positiva. E isso tratando-se de jovens que optaram por fazer essa faculdade com a intenção de proteger a natureza. Da mesma forma que todos nós, eles cresceram com a narrativa de que os seres humanos se encontram segregados não só uns dos outros como do mundo à nossa volta: indivíduos em uma partícula de poeira que voa pelo universo. Entretanto, quando nos enxergarmos apartados da natureza, não conseguimos interagir com ela de maneira significativa. As alternativas se tornam ou acabar com o meio ambiente, ou salvá-lo, em vez de convivência e dependência mútua, de igual para igual.

Um exemplo de como isso poderia acontecer é a "colheita honorífica", termo usado por Kimmerer para a forma tradicional de lidar com os presentes da natureza (Andreas Weber utiliza como alternativa também o termo "colheita honrosa"): nunca colher o primeiro fruto, tampouco o último; que se dê à planta algo em troca como expressão de gratidão, como cantar uma música, rezar uma oração, distribuir as sementes, e por aí vai. Com o intuito de testar cientificamente os princípios por trás da colheita honorífica, Kimmerer conduziu um experimento em sua universidade. Uma doutoranda demarcou áreas de teste em um prado com pés de erva-doce americana ameaçadas de desparecer do local. Uma parte dessas áreas ela deixou totalmente em paz, o que, na nossa ideia de preservação, significa "não tirar nada dali". Numa outra parte, ela colheu as plantas cortando cuidadosamente seus caules — no entanto, apenas a metade. E na terceira parte ela simplesmente arrancou as raízes do solo, como tradicionalmente fazem as fabricantes de cestas — outra vez apenas a metade!

Para a doutoranda, o maior desafio foi expressar gratidão pela oferenda das plantas; entretanto, ao longo dos meses instaurou-se uma relação pessoal, mesmo que ela ainda não conseguisse vencer a própria barreira de entoar canções para elas. O resultado do experimento foi que, após dois anos de observação, morreram muitas plantas nas áreas de teste deixadas em paz, enquanto nas áreas com colheita elas se desenvolveram e multiplicaram — inclusive com maior frequência onde foram arrancadas. (Atenção: isso só funciona com a erva-doce americana!)[4] Os seres humanos não são, portanto, os parasitas do planeta. Nós temos algo a dar (em troca)! Mas precisamos ter acesso a saberes e práticas sobre como fazer isso.

No final das contas, os enclosures não apenas transformaram seres humanos em força de trabalho como também fizeram com que a natureza — antes uma entidade com a qual convivíamos em uma relação de afinidade muito próxima — se tornasse um recurso a ser explorado. De repente, árvores deixaram de ser florestas e seres para virarem madeira a ser vendida. E, quando paramos de olhar para as árvores como sujeitos com os quais interagimos e as vemos como objetos que podemos serrar para fazer tábuas, acabamos erguendo uma barreira. Já não temos obrigação moral com essa árvore. Dessa forma, não apenas a afastamos da nossa possibilidade de empatia como também acabamos nos afastando nós mesmos do mundo vivo à nossa volta.

---

4 Robin Wall Kimmerer, *Geflochtenes Süßgras*. Berlim, 2021. Capítulo *Die Ehrenhafte Ernte*.

Por isso foi tamanho o sucesso quando, em 2017, ativistas conseguiram que o rio Whanganui, na Nova Zelândia, fosse reconhecido como pessoa jurídica — resultado de uma luta que durou cento e quarenta anos. "Optamos por esse caminho porque sempre enxergamos o rio como nosso ancestral"[5], explicou Gerrard Albert, o líder das negociações da tribo dos Whanganui iwi. A notícia circulou pela mídia como um fato curioso, como o tipo de coisa que os maoris fazem, sem muita relação com a nossa realidade. No entanto, em todo o mundo, pessoas passaram a pleitear o direito de personalidade de rios, lagos, montanhas, florestas, pântanos, etc.

Assim, em paralelo ao Whanganui na Nova Zelândia, também o rio Yamuna e o Ganges, na Índia, foram reconhecidos como living entities, entidades vivas. Alguns meses depois, no entanto, a Suprema Corte questionou essa decisão, pois com ela seria possível utilizar o direito dos rios para processar as empresas que os poluem. Desde então, não está claro o que o Yamuna e o Ganges de fato são — o que é duplamente cínico, pois as pessoas que os reverenciam mergulhando em suas águas sempre o consideraram seres vivos. Todas essas intervenções, afinal de contas, têm o objetivo não apenas de prevenir, mas sobretudo de estabelecer relações significativas com entidades para além do que é humano.

É o mesmo motivo pelo qual as artistas performáticas e ativistas ecossexuais Annie Sprinkle e Beth Stephens defendem que se mude o paradigma "from Earth as

---

5 Citado em: Eleanor Aigne Roy, *New Zealand river granted same legal rights as human being*. In: The Guardian (16 de março de 2017).

mother to Earth as lover"[6], quer dizer, que não falemos de "mãe Terra", mas de "amante Terra" — uma maneira de pararmos de exigir da natureza apenas abastecimento e recursos e passarmos a buscar uma relação de reciprocidade. Além de práticas de protesto, Sprinkle e Stephens ensinam em seus wokshops a pedir consentimento para as árvores antes de abraçá-las. Isso pode parecer bem hippie, mas só até que se faça um dos cursos, então nada no mundo parecerá mais lógico.

E aí veio a crise do coronavírus, e o governo islandês aconselhou sua população: "Abrace uma árvore"[7]. Foi o que eu fiz: caminhei até o Volksgarten e abracei árvores. Pouca coisa me fez tão bem diante da sensação de que o espaço público tinha se fechado e se tornado hostil. Também contribuiu o fato de, no início de 2020, o Volksgarten ser um dos poucos lugares que não teve o acesso bloqueado pelas fitas em vermelho e branco da polícia. Uma hora no parque significava uma hora de saúde espiritual e emocional. O governo islandês explicou em seu site que abraçar árvores auxilia contra solidão e isolamento. Faz sentido: afinal, se eu não tenho como abraçar nada nem ninguém, que ao menos eu possa abraçar uma árvore. Mas essa ternura entre espécies é mais do que um ato de compensação. Estudos comprovam que seres humanos entram mais raramente em depressão quando têm uma conexão com a natureza, pois se sentem seguros no mundo. Da mesma forma, a psiquiatra Sue Stuart-

---

6 Ver: Annie Sprinkle e Beth Stephens com Jenny Klein, *Assuming the ecosexual position: the Earth as lover*. Minneapolis, 2021.
7 Ver: *Icelanders urged to hug trees to overcome isolation*. In: BBC News (25 de abril de 2020).

Smith mostra, em seu livro *Well gardened mind*[8], que o tempo que pacientes precisam passar no hospital para a recuperação encurta significativamente se as janelas do quarto derem vista para uma árvore em vez de para prédios da clínica. E encurta ainda mais se for possível levar os pacientes diretamente a um jardim, algo que não se encontra em todo hospital — uma pesquisa extremamente relevante, sobretudo diante do fato de que hospitais não são feitos para que pacientes possam sair deles, e que na Grã-Bretanha sequer é permitido levar flores por motivos de saúde e de segurança.

A natureza não está simplesmente lá fora, ela é uma extensão do nosso espírito. É o que o autor Iain Sinclair chama de *psicogeografia*. Na mesma linha, a antropóloga Neera Singh investigou o impacto dos commons sobre as emoções usando o exemplo de florestas comunais em Odisha, na Índia. Afinal, é claro que não foi só em casa que os britânicos privatizaram as common land através de enclosures; eles o fizeram de forma ainda mais radical nas colônias. Em Odisha, a maior parte das florestas foi cercada e utilizada (quer dizer, explorada) para a produção intensiva de madeira, prática a que a Índia pós-colonial deu continuidade, até que as florestas ameaçaram desaparecer e os moradores dos vilarejos começaram a desenterrar as raízes das árvores para fazer fogo e preparar comida devido à falta de madeira. Por causa disso, nos anos 1990, inúmeras aldeias se uniram em prol da proteção das florestas. Atualmente, mais

---

8   Sue Stuart-Smith, *Well gardened mind: rediscovering nature in the modern world*. Londres, 2020.

de dez mil aldeias em Odisha fazem parte do acordo de Manejo Florestal Conjunto. "Um líder comunitário descreveu a ação coletiva para proteger as florestas como 'Samaste samaste ko bandhi ke achanti', que quer dizer 'todos e cada um unidos pelo outro'. Acredito que ele também estava se referindo aí às capacidades afetivas de todos os corpos — humanos e não humanos — de se unirem e se envolverem em relações emocionais e de responsabilidade", explica Singh[9]. Afinal, *commoning* também pode ser usado assim no gerúndio, como verbo[10], pois commons não são uma coisa, mas ações, e a palavra sempre expressa também o ato de empatizar, de conviver, de amar.

Em 2017, a cientista política Elinor Ostrom ampliou o conceito de commons para o campo do conhecimento enquanto recurso compartilhado. Atualmente, esse common ground imaterial — tal qual saberes, tempo, códigos e genoma — encontra-se ameaçado por enclosures imateriais equivalentes. Empresas e conglomerados coçam os dedos para patentear códigos genéticos de plantas (medicinais) e até mesmo de seres humanos. Como se não bastasse, os novos commons digitais, softwares de código aberto, etc., trazem consigo suas próprias questões. A Wikipédia, por exemplo, representa o sonho de uma fonte de conhecimento não apenas compartilhada, mas também desenvolvida de maneira coletiva e demo-

---

[9] Neera M. Singh, *The affective labor of growing forests and the becoming of environmental subjects: rethinking environmentality in Odisha, India*. In: Geoforum, v. 47, junho de 2013.

[10] O uso de *commoning* como verbo foi popularizado pelo historiador Peter Linnebaugh.

crática; enquanto isso, 90% dos seus autores são do sexo masculino, 85% têm formação superior e 81% são originários do Norte global.

Apesar disso, esses novos desafios também deram origem a um "revival dos commons". O termo "common ground" passou a descrever um modelo de comunicação no qual participantes cooperam uns com os outros para alcançar um objetivo em comum: entender os outros e ser entendido. Dessa forma, o discurso se torna um ato coletivo, no qual um novo conhecimento compartilhado surge: o commoning, vinculado a novas formas de cooperação para além do mercado e do Estado. A economista e historiadora Friederike Habermann chama isso de *ecommony*. O sociólogo Simon Sutterlütti e o cientista da computação Stefan Meretz, do Commons-Institut, vão mais além e falam de *commonismo*. "O revival dos commons", conclui Neera Singh, "não é crucial apenas no que diz respeito à restauração do acesso e do controle sobre recursos físicos, mas também como forma de se opor à alienação entre seres humanos e o resto do mundo vivo, produzindo tanto subjetividades alternativas quanto mundos alternativos. Partindo dessa perspectiva, devemos resgatar os bens comuns não apenas como recursos materiais para uma vida subsistente, mas como fundamento para a produção de novas formas de estar no mundo"[11].

---

11   Neera Singh, *Becoming a commoner: the commons as sites for affective socio--nature encounters and co-Becomings*. In: ephemera, v. 17, n. 4, 2017.

harriet c. brown
© Susana Blasco

A realização de *lumbung stories* é um esforço conjunto das seguintes editoras:

Fundada em 2015, em Milão, a **Al-Mutawassit** é uma editora voltada para clássicos, literatura contemporânea e poesia árabes, assim como para a tradução de literatura internacional para o árabe. Integram seu catálogo autores como Giuseppe Tomasi di Lampedusa, Paul Auster, Javier Marías, Joyce Carol Oates, Dunya Mikhail, Mazen Maarouf e Hassan Blasim.

A **Almadía** é uma editora mexicana fundada em 2005, em Oaxaca, território ao sul do México que se caracteriza por sua diversidade linguística e cultural, e que publica narrativas, ensaios e poesia. Seu catálogo busca ecoar sua rica origem através de livros que ajudem a captar a riqueza e a complexidade do mundo que habitamos.

A **Cassava Republic Press** foi fundada em 2006. A editora parte da ideia de que a prosa africana contemporânea deve estar enraizada na experiência africana em toda sua diversidade, seja a ambientada em megacidades sujas, mas sensuais, como Lagos ou Quinxassa, seja a que se passa em comunidades fora da Bahia, no passado recente ou mesmo no futuro próximo. A editora publica em vários gêneros: ficção literária, crime, não ficção, infantil e romance.

A editora **consonni** integra um espaço cultural independente em Bilbao, São Francisco, no País Basco. Desde 1996, ela produz crítica cultural, e, na atualidade, aposta na palavra escrita — mas também na sussurrada, escutada, silenciada, declamada. A partir do amplo universo da arte, da literatura, da rádio e da educação, sua proposta é a de modificar o mundo que habitamos e sermos modificados por ele.

A **Dublinense** é uma editora independente criada em 2009, em Porto Alegre, no sul do Brasil. Ela nasceu com espírito livre e interessada na experimentação em diferentes gêneros e estilos. Ao longo da sua jornada, a Dublinense encontrou sua real natureza na publicação de ficção literária e de não ficção. Seu interesse é em uma literatura capaz de levar a diálogos sobre assuntos importantes tanto a partir de diferentes culturas estrangeiras quanto do novo cenário literário brasileiro, e está sempre em busca de livros impactantes, divertidos e relevantes.

A **Hatje Cantz** é uma editora especializada em arte, arquitetura, fotografia, design, cultura e lifestyle. Fundada em 1945, ela produz e publica livros ilustrados com especial cuidado com a qualidade e o conteúdo. Desde 2019, a sede em Berlim ampliou seu projeto em diversos sentidos: a série Hatje Cantz Text é dedicada a discursos contemporâneos no campo das artes e publica textos de artistas, curadores e vozes de diferentes práticas. Desde o verão de 2021, seu portifólio inclui também um programa de livros de arte para crianças.

Fundada em Tangarão do Sul, Indonésia, em 2005, a **Marjin Kiri** é uma editora de esquerda focada em humanidades, ciências sociais, literatura marxista, política progressista e literatura.

A editora **Txalaparta**, da Narrava, tem mais de trinta anos publicando livros tanto em euskera quanto em castelhano. É uma editora independente e de esquerda comprometida com a memória histórica e o pensamento crítico. A Txalaparta publica majoritariamente narrativas e ensaios de autores nacionais e internacionais, tanto para o público adulto quanto para o infantil, sempre preocupando-se com a qualidade literária. Sua atuação é em auzolan ou em comunidade, já que se entende que o trabalho coletivo se revela sempre mais enriquecedor.

Descubra a sua próxima
leitura em nossa loja online
dublinense.COM.BR

Composto em TIEMPOS e impresso na PALLOTI,
em IVORY 75g/m², em JUNHO de 2022.